JN256345

順徳院の歌の伝承と、佐渡と、良寛

桂 尚樹

けやき出版

順徳院の歌の伝承と、佐渡と、良寛

はじめに

「新津秋葉宮奉納和歌」の中の、桂譽章の歌によって、良寛の出生地は、佐渡であることが分かった。良寛の父が、歌で証言しているからである。

桂譽春、桂譽章の歌の中に、『順徳院御百首』の歌の中の言葉がとられているが、同じく、良寛の歌の中にも、同歌集の歌の中の言葉がとられている。

豊臣秀吉、豊臣秀次、豊臣秀頼の歌の中に、『順徳院御集』の中の言葉がとられている。豊臣家と、桂家の人と、良寛が、歌作に使った歌集は違うが、同じ人のものである、順徳院の歌の中の言葉をとって、歌作しているのである。

つまり、桂家の人と、良寛が、豊臣家の歌作の方法を、継承しているのである。

譽春の歌に対応する良寛の歌の中に、「さすたけの君」の言葉がある。（拙著『良寛の百人一首』）

「さすたけの君」の言葉は、譽春の意味で、良寛は譽春を、一番尊敬していたのである。

「さすたけの君」の言葉の入った、良寛の歌の中で、贈った人が分かるのは十人である。良寛はこの十人を、譽春と同じ人に見做しているのである。

「さすたけの君」の言葉の意味が分かったことから、良寛の親友を、木下俊昌としたのは、誤まりであった。立石木下家との関係はなかったのである。拙著(『良寛の出家と木下俊昌』『良寛の百人一首』)で、俊昌とした箇所は、譽春のことと読み換えてほしい。

また、出家は、譽春が原因であり、この点も訂正し、お詫びいたします。

良寛の、「三人(みたり)」の言葉の入った歌の中にある、「津の国の」、「難波」、の言葉は、『順徳院御百首』の中にあり、このことから、「三人」は、佐渡を意味した言葉である。

この言葉は、良寛の長歌、「月の兎」の中にあり、「月の兎」の舞台は、佐渡なのである。

幼少期、佐渡にいた良寛を、譽春は、度々訪れたのである。このことは、『順徳院御百首』の中の言葉を入れた、良寛の歌によって分かる。

豊臣家が、順徳院の歌で勉強していたことを、良寛は知っており、このため、良寛は自らのことを、順徳院の歌で表したのである。

順徳院の歌の伝承と、佐渡と、良寛

目次

三章　豊臣秀頼の歌、出典の歌

四章　秀吉の「夢」、出典の歌

五章　桂誉春と、桂誉章の歌

九章　佐渡を表す歌

十章　長歌「月の兎」の意味

十一章　大村藩との関係

一章　豊臣秀吉の歌、出典の歌

豊臣秀吉

豊臣秀吉は、慶長三年（一五九八）八月十八日、六十二歳で亡くなった。

秀吉は、生涯に、多くの歌を残している。

秀吉の歌の中の言葉は、順徳院の歌（『順徳院御集』）の中から言葉がとられ、作られた歌が多い。

このことは、秀吉自身の考えに因るものなのか、または、側近の助言に因るものなのか、不明である。

順徳院の言葉を入れた、秀吉の歌は、ここにとりあげた歌のみならず、他にもまだまだあると思う。本に載っている、知り得た歌のみで、考察させていただいた。

豊臣秀次、豊臣秀頼は、秀吉と同じ方法で歌を作っている。

また、桂家の人、良寛も、順徳院の歌の中から、言葉をとって、歌を作っている。

しかし、桂家の人、良寛が使用したのは、主に、『順徳院御百首』からである。

天正十四年七月の歌

天正十四年（一五八六）七月二十四日、正親町天皇の第一皇子誠仁（さねひと）親王が、三十四歳で亡くなられた。親王を悼んで、豊臣秀吉が詠んだ二首の歌がある。（桑田忠親著「秀吉自作の和歌」『豊臣秀吉研究』）

秀吉の二首の歌の中に、順徳院の歌の中の言葉がある。

秀吉の歌。

さかりなきくもゐの庭のあきはぎにをきぬる露にぬるゝ袖かな

秀吉の歌の中の、「さかり」「庭」は、順徳院の、「同七日内々進日吉歌合　深夜秋月」（承久元年）の詞書のある、歌の中に、その言葉がある。（『順徳院御集』）

ふけゆけばくらき軒ばのかげもなし庭をさかりの秋の庭の月

秀吉の歌の中の、「萩」「露」「ぬるゝ」「袖」の言葉は、順徳院の、「野草花」(建保二年)の題の、歌の中に、その言葉がある。(『順徳院御集』)

萩が花さくらんをの、朝露にぬるゝ、計の袖のいろかは

秀吉の歌。

露とをちつゆときえにしあさがほやいづれの花か世にのこらまし

秀吉の歌の中の、「露」「をち」は、順徳院の、「立田山」(建保三年)の題の、歌の中に、その言葉がある。(『順徳院御集』)

龍田山紅葉吹しく秋風に落て色づく松のした露

秀吉の歌の中の、「あさがほ」「花」は、順徳院の、「秋」(承久元年)の題の、歌の中に、その言葉がある。(『順徳院御集』)

まれにきて心ぞとまる山里の霧のたえまの朝がほの花

秀吉の二首の歌は、順徳院の、「秋」に関係のある四首の歌が出典である。

天正十五年六月の歌

豊臣秀吉は、天正十五年（一五八七）三月朔日、九州征伐の途に上り、五月の初め、島津氏を降伏させた。九州平定の帰途、六月十八日、筥崎八幡宮に参拝し、千代の松原の風景をめでて、詠んだ歌がある。（桑田忠親著「秀吉自作の和歌」『豊臣秀吉研究』）

あつき日にこの木の下に立よれば波の音する松風ぞふく

秀吉の歌の中の言葉は、順徳院の、四首の歌の中に、その言葉がある。

秀吉の歌の中の、「木の下（もと）に」は、順徳院の、「蟬」（建保三年）の題の、歌の中にある。（『順徳院御集』）

木のもとになくうつせみのうす衣かたしく露の玉ぞちるらし

秀吉の歌の中の、「立よ」は、順徳院の、「暮山」（建保三年）の題の、歌の中にある。（『順徳院御集』）

涼しやと立よる山の下露に玉ぬきみだるさゝがにの糸

秀吉の歌の中の、「波の音」は、順徳院の「同比二百首和歌」（建保四年）の詞書のある、歌の中にある。

ふる雪はかつ消ゆけどとつ国の芦屋の波の音はまさらず

秀吉の歌の中の、「松風ぞふく」は、順徳院の「同比秋十首会」（建暦二年）の詞書のある、歌の中にある。

ときは山秋にとまらぬ時雨にもさそはぬ色は松風ぞふく

順徳院の四首の、夫々の歌の中にある。「露」「露」「雪」「時雨」は、天候に関係ある言葉である。共通する言葉の関係によって、出典の歌とした。

また、同じ日に、秀吉が詠んだ歌がある。（『豊鑑（とよかがみ）』）

唐土（もろこし）もかくやは涼し西の海の浪路（なみぢ）吹きくる風に問（と）はばや

秀吉の歌の中の、「西の海」「風」は、順徳院の、「松浦山」（建保三年）の題の、歌の中にある。（『順徳院御集』）

夏山やまつらが沖の西の海そなたの風に秋は見えつゝ

秀吉の歌の中の、「唐土（もろこし）」「風」の言葉は、順徳院の、「深夜待恋」（建暦二年）の題の、歌の中にある。

ふかき夜の哀はおなじまつら山もろこし船の風のたよりを

順徳院の二首の歌の中にある。「まつら」が共通であり、出典の歌とした。

天正十六年正月の歌

天正十六年（一五八八）正月二十五日、京都内野の聚楽第で、御歌会始めがあった。その際の歌題は、「詠㆔梅有㆓佳色㆒和詞」で、豊臣秀吉は、一首詠んでいる。（桑田忠親著「秀吉自作の和歌」『豊臣秀吉研究』）

梅の花いく千世かけて咲ぬれどなおこの春は一しほの色

秀吉の歌の中の、「春」「一しほ」「色」の言葉は、順徳院の、「末松山」（建保三年）の題の、歌の中に、その言葉がある。（『順徳院御集』）

三月（やよい）もや末の松山春の色に今一しほの浪は越けり

同じ日に、当座の和歌として、「初春霞」の題で詠んだ、秀吉の歌。（桑田忠親著「秀吉自作の和歌」『豊臣秀吉研究』）

あけぼのゝ花もかすみを先だてゝおもかげにほふみよし野の春

秀吉の歌の中の、「花」「にほ」「みよし野」「春」は、順徳院の、「同二年二月廿六日内々歌合　山中花夕」（建暦二年）の詞書のある、歌の中に、その言葉がある。（『順徳院御集』）

みよし野や花に跡とふ夕ぐれの空ににほはぬ春の山風

秀吉二首の歌、順徳院二首の歌ともに、春の歌であり、共通することから、出典の歌とした。

天正十六年四月の歌

御陽成天皇が、聚楽第行幸の際、天正十六年（一五八八）四月十六日、「松に寄する祝を詠める和哥」の詞書のある、豊臣秀吉の歌がある。（『太閤記』巻十一）

万代（よろづよ）の君がみゆきになれなれん緑木（こ）だかき軒のたままつ

秀吉の歌の中の「万代」「君が」の言葉は、順徳院の、「祝言」（建暦元年）の題の、歌の中にある。（『順徳院御集』）

君がへん万代までもしら雲のかさなる山の峯の松風

秀吉の歌の中の、「みゆき」の言葉は、順徳院の、「尋山過池」（建保二年）の題の、歌の中にある。（『順徳院御集』）

さがの山ふるきみゆきの跡とへば袖にぞをくる広沢の月

秀吉の歌の中の、「緑」「まつ」の言葉は、順徳院の、「同三月十八日閑院遷幸後初会内々松浮池水」（建保元年）の詞書のある、歌の中にある。（『順徳院御集』）

霞よりやよひの池のふかみどり松とかぎらぬ春の色哉

順徳院の、三首の歌のうち、「君がへん」で始まる歌の中に「山」がある。「さがの山」で始まる歌の中に「山」があり、二首は、「山」が共通である。
また、「さがの山」で始まる歌の中の、「広沢」は、池である。「霞より」で始まる歌の中に「池」があり、二首は、「池」が共通である。三首の歌は、「山」と「池」で関係があり、出典の歌とした。

天正十六年四月十七日、御陽成天皇から、御短冊を賜った時、秀吉の、御返しの歌。（『太閤記』巻十二）

言葉の浜の真砂は尽るとも限りあらじな君が齢は

秀吉の歌の中の、「真砂」の言葉は、順徳院の、「閑院南庭月を見て」（建保六年）の詞書のある、歌の中にある。（『順徳院御集』）

庭の面は松より外のくまもなし真砂も白くすめる月かげ

秀吉の歌の中の、「君が」の言葉は、順徳院の、「祝言」（建保元年）の題の、歌の中にある。（『順徳院御集』）

君が代に行末かけてしられけり松も千年の契ありとは

秀吉の歌の中の、「齢（よはい）」の言葉は、順徳院の、「建保三年正月十六日　鶴伴仙齢」の、詞書のある、歌の中にある。（『順徳院御集』）

松にすむ鶴のよはひにとりそへてとゞめ置らん春もかはらじ

順徳院の三首の歌の中に、夫々、「松」の言葉がある。「松」が共通することから、出典の歌とした。

天候のよい日が続き、「天津御神の、深きめぐみ」と、秀吉が悦び、天正十六年四月二十日、秀吉が詠んだ、三首の歌がある。（『太閤記』巻十一）

一首目の歌。

時をえし玉の光のあらはれて御幸ぞけふのもろ人の袖

秀吉の歌の中の、「光」「もろ人」の言葉は、順徳院の、「同日春　当座」（建保元年）の詞書のある、歌の中にある。（『順徳院御集』）

もろ人はわかなつむめりかすがなるみかさのもりの春の光に

秀吉の歌の中の、「あらはれ」の言葉は、順徳院の、「春野風」（建保三年）の題の、歌の中にある。（『順徳院御集』）

かすが野はたゞ春の日の下崩に顕れそむる風の音哉

順徳院の二首の歌の中に、夫々、「春」の言葉がある。「春」の言葉が共通することから、出典の歌とした。

二首目の歌。

空までも君が御幸をかけて思ひ雨降（ふり）すさぶ庭の面哉（かな）

秀吉の歌の中の、「空」「庭の面」の言葉は、順徳院の、「立春」（承久二年）の題の、歌の中にある。（『順徳院御集』）

庭のおもにあふぐ雲ゐの天つ星空ものどかに春は来にけり

秀吉の歌の中の、「思ひ」「雨」の言葉は、順徳院の、「寄雨恋」（建保元年）の題の、歌の中にある。（『順徳院御集』）

下崩のけぶりは空に跡もなしおもふ思ひの夕ぐれの雨

順徳院の二首の歌の夫々に、「空」の言葉がある。「空」の言葉が共通するため、出典の歌とした。

三首目の歌。

御幸猶思ひし事の余りあれば帰るさおしき雲の上人

秀吉の歌の中の、「御幸」の言葉は、順徳院の、「同比良平卿大内花見にまかるを聞て遣之」（建保元年）の詞書のある、歌の中にある。（『順徳院御集』）

散ちらずいざしら雲の九重にいつかみゆきの春のさかりは

秀吉の歌の中の、「思」「余り」「おし」の言葉は、順徳院の、「同日雅経朝臣八重桜の枝にまりを付て蔵人康光がもとに申つかはしける」（建保二年）の詞書のある、歌の中にある。（『順徳院御集』）

春をおしみおる一枝の八重桜九重にもとおもふあまりに

順徳院の、二首の歌の夫々に、「春」「九重」の言葉がある。「春」「九重」の言葉が共通であり、出典の歌とした。

天正十八年の歌

天正十八年（一五九〇）、豊臣秀吉が、小田原遠征のために、関東に下向した時に、清見が関を、再び越えられた時に、秀吉が詠んだ、次の歌がある。（桑田忠親著「秀吉自作の和歌」『豊臣秀吉研究』）

清見がた花の春こしかへるさは浪の関もる紅葉をぞ見る

秀吉の歌の中の、「清見がた」「関」の言葉は、順徳院の、「清見関」（建保三年）の題の、歌の中に、その言葉がある。（『順徳院御集』）

きよみがた関吹こゆる秋風にいや遠ざかるあまの釣舟

秀吉、順徳院の歌の中の、「きよみがた」が共通しており、出典の歌とした。

文禄元年正月の歌

豊臣秀吉の長男鶴松が、天正十九年（一五九一）八月、二歳で亡くなり、文禄元年（一五九二）正月十六日に、秀吉が詠んだ追善の歌。（桑田忠親著「秀吉自作の和歌」『豊臣秀吉研究』）

なき人の形見に泪残し置て行衛しらずもきへはつる哉

秀吉の歌の中の、「泪」「形見」は、順徳院の、「餞別」（承久二年）の題の、歌の中に、その言葉がある。（『順徳院御集』）

別路にしたふ泪をかたみにてあはん日までと契る月かげ

この歌の中の、「別路」の中の「別（わかれ）」は、死に関係のある言葉から、出典の歌とした。

秀吉の歌の中の、「行衛」「哉」は、順徳院の、「述懐」（建保二年）の題の、歌の中に、その言葉がある。（『順徳院御集』）

さのみやはあるにまかせる世なりとも思ひさだめぬ身の行衛哉

この歌の中の、「さだめぬ身」は、死に関係のある言葉から、出典の歌とした。

文禄元年八月の歌

豊臣秀吉の母大政所が、文禄元年（一五九二）七月亡くなり、八月二日に、秀吉が詠んだ追善の歌二首を、高野山に贈った。そのうちの一首は、次の歌である。（桑田忠親著「秀吉自作の和歌」『豊臣秀吉研究』）

なき人の形見の髪を手にふれてつつむにあまる涙かなしも

秀吉の歌の中の、「手」は、順徳院の、「無常」（承久二年）の題の、歌の中に、その言葉がある。（『順徳院御集』）

扨も又あらましかばと数ふれば手にもたまらぬ人ぞはかなき

この歌の中の、「人ぞはかなき」が、死に関係のある言葉から、出典の歌とした。

秀吉の歌の中の、「つつむ」は、順徳院の、「旅愁」（建保六年）の題の、歌の中に、その言葉がある。（『順徳院御集』）

しのばじよしらぬ野山の旅枕つゝむ計の人めだになし

この歌の中の、「しのばじよ」が、死に関係のある言葉から、出典の歌とした。

秀吉の歌の中の、「あまる」は、順徳院の、「寄松述懐」（建保五年）の題の、歌の中に、その言葉がある。（『順徳院御集』）

今ぞしる北野の松の陰（かげ）しげみあまるは神のめぐみなりけり

この歌の中の、「北野」は、菅原道真を祀った、北野神社のある土地である。死者に関係があることから、出典の歌とした。

秀吉の歌の中の、「涙」「かなし」は、順徳院の、「初恋」（建暦元年）の題の、歌の中に、その言葉がある。（『順徳院御集』）

きのふまでよそに思ひし袖の上の涙の色も今日ぞかなしき

この歌の中の、「よそに思ひし」は、死に関係のある言葉から、出典の歌とした。

文禄元年八月十一日、秀吉が詠んだ歌がある。（桑田忠親著「秀吉自作の和歌」『豊臣秀吉研究』）

月のあき春や昔になりぬらん紅葉のこらず冬はきにけり

秀吉の歌の中の、「紅葉」「冬はきにけり」の言葉は、順徳院の「初冬」（承久二年）の題の、歌の中に、その言葉がある。（『順徳院御集』）

夢のうちに花も紅葉も散果てきのふと思ひし冬は来にけり

この歌の中の、「散果て」は、秀吉の歌の中の、「のこらず」と同じ意味から、出典の歌とした。

文禄三年二月の歌

豊臣秀吉が、文禄三年（一五九四）、吉野の花見を行った際、詠んだ八首の歌がある。（『太閤記』巻十六「吉野花御見物之事」の項）

秀吉の歌の中に、順徳院の歌の中の、言葉がある。

二月廿五日、秀吉は二首詠んでいる。

秀吉の歌。

吉野山梢のはなのいろ〳〵におどろかれぬる雪のあけぼの

秀吉の歌の中の、「梢」「はな」「雪のあけぼの」の言葉は、順徳院の、「庭桜」（建暦元年）の題の、歌の中にある。（『順徳院御集』）

春ごとのわすれかたみの庭の花梢も雪の明ぼの丶空

秀吉の「又関屋のはなの本にて」の題の歌。

吉野山誰とむるとはなけれどもこよひもはなのかげにやどらん

秀吉の歌の中の、「こよひ」「はなのかげ」の言葉は、順徳院の、「呼子鳥」（建保三年）の題の、歌の中にある。（『順徳院御集』）

里人のまじる山路のよぶこ鳥にこよひ計の花の陰かは

秀吉は、二月廿九日、「御歌会」で、五首の歌を詠んでいる。

秀吉の、「花の願」の題の歌。

いつしかと思ひをくりし芳野山の花をけふしも見そめぬる哉（かな）

秀吉の歌の中の、「芳野」「花」「見」の言葉は、順徳院の、「眺望」（建暦元年）の題の、歌の中にある。（『順徳院御集』）

はる〴〵とながむる人も絶（たえ）〴〵に霞みてみゆるみよしのゝ花

秀吉の「不散花風」の題の歌。

春風の吹（ふく）とも花は且（かつ）さきてしづ心にしながめけるかな

秀吉の歌の中の、「春」「風」「吹（ふく）」「心」の言葉は、順徳院の、「同比不廻時日詠七十首其内廿首入火中」（建保四年）の詞書のある、歌の中にある。（『順徳院御集』）

桜花おしまぬ人の心にはのどかにぞふく春のゆふかぜ

秀吉の、「滝の上の花」の題の歌。

滝津波下（くだ）すいかだのよしのやま梢の花のさかりなるかな

秀吉の歌の中の、「波」「花」「さかり」「なる」の言葉は、順徳院の、「水辺鶯」（承久元年）の題の、歌の中にある。（『順徳院御集』）

浪かくる岸の桜の花ざかりあらぬさまなる鶯の声

秀吉の、「神前の花」の題の歌。

春はなを神のめぐみの桜ばなまふでゝ見るや御芳野の山

秀吉の歌の中の、「桜ばな」「見る」「御芳野の山」の言葉は、順徳院の、「深山花」（承久元年）の題の、歌の中にある。（『順徳院御集』）

みよしのゝ山のあなたの桜花人にしられぬ人や見るらん

秀吉の、「花の祝」の題の歌。

乙女子が袖ふる山に千年（ちとせ）へてながめにあかじ花の色香を

秀吉の歌の中の、「ながめ」「花」「色」の言葉は、順徳院の、「同廿四日於南殿翫花　当座」（建保二年）の詞書のある、歌の中にある。（『順徳院御集』）

春の日はながめてけふもくれなゐのうす花桜色に出つゝ

秀吉の歌の中の、「乙女子が袖ふる山」の言葉は、順徳院の、「秋祝」(建保二年)の題の、歌の中にある。(『順徳院御集』)

行末を思へば久し乙女子が袖ふる山の秋の夜の月

歌の内容が、秀吉の歌が春で、順徳院の歌が秋と、違いがあるが、しかし、秀吉の歌の中の「千年(ちとせ)へて」が、順徳院の歌の中の、「行末」と、歳月の経過を表す言葉として、同じ意味である。また、秀吉の歌の題、「花の祝」の中に「祝」、順徳院の歌の題、「秋祝」の中に「祝」があり、共通である。

この点から、順徳院の、「秋祝」の題の、歌の中から、言葉をとっているということができ、出典の歌とした。

秀吉の、「上の蔵王宮にて」の詞書のある、二月三十日に詠んだ歌。

帰らじもおもふ家路を入あひの鐘こそ花のうらみなりけり

秀吉の歌の中の、「帰」「家路」の言葉は、順徳院の「同三月当座　夕花」（建保三年）の詞書のある、歌の中にある。（『順徳院御集』）

帰るべき家ぢもしらず山桜ちりのまがひの夕暮の空

秀吉の歌の中の、「おも」「入あひの鐘」の言葉は、順徳院の「同比二百首和歌」（建保四年）の詞書のある、歌の中にある。（『順徳院御集』）

いつもきく入相の鐘の音までも思ひわかるゝ春のくれかな

文禄三年の歌

文禄三年（一五九四）秋ごろ、伏見城の建造が終った。学問所を建て、その四方に、侘びた数寄屋を作った。その数寄屋の床に、豊臣秀吉の自詠の和歌を、秀吉が書いて掛けた。秀吉の四首の歌の中に、順徳院の歌の中の言葉がある。（桑田忠親著「秀吉自作の和歌」『豊臣秀吉研究』）

辰巳（たつみ）の座敷の、秀吉の歌。

さらしなやおじまの月もよそならぬただふしみ江の秋の夕ぐれ

秀吉の歌の中の、「さらしな」「月」の言葉は、順徳院の「佐良科里」（建保三年）の題の、歌の中にある。（『順徳院御集』）

さらしなや夜わたる月の里人もなぐさめかねて衣擣（うつ）なり

秀吉の歌の中の、「よそ」「秋の夕ぐれ」の言葉は、順徳院の、「秋旅」（建保二年）の題の、歌の中にある。（『順徳院御集』）

都をばよそにだにみずさゝのくまひのくま川の秋の夕暮

秀吉の歌の中の、「ふしみ江」の中の「江」と、順徳院の歌の中の、「ひのくま川」の中の「川」が、同じ意味の言葉から、出典の歌とした。

秀吉の歌の中の、「ふしみ」の言葉は、順徳院の、「同比不廻時日詠七十首其内廿首入火中」（建保四年）の詞書のある、歌の中にある。（『順徳院御集』）

ふしみ山さみだれしげし里人の衣ほすべきひまもなきまで

この順徳院の歌の中にある、「里人」「衣」は、先の、順徳院の、「さらしなや」で始まる歌の中にあり、共通することから、出典の歌とした。

未申（ひつじさる）の間（ま）の秀吉の歌。

ながむれば宇治の川瀬の朝ぎりに遠ざかりゆく船をしぞおもふ

秀吉の歌の中の、「宇治」「朝ぎり」の言葉は、順徳院の、「川朝霧」（建保元年）の題の、歌の中にある。（『順徳院御集』）

はらへたゞ宇治の川霧へだてゝも遠方人（をちかた）の袖の朝霧

秀吉の歌の中の、「川瀬」を、「河瀬」とした言葉が、順徳院の、「同比当座　川暁月」（承久元年）の詞書のある、歌の中にある。（『順徳院御集』）

あけぬるか遠かた人はこえ過て河瀬の霧に月ぞ残る（のこれ）

この歌の中の、「霧」は、秀吉の歌の中の、「朝霧」に「霧」があり、出典の歌とした。

戊亥（いぬい）の間、秀吉の歌。

あはれてふ柴の庵（いほり）のさびしきにたぞやそぞろに山おろしの風

秀吉の歌の中の、「あはれ」「庵」「さびしき」の言葉は、順徳院の、「山寒草」（建保元年）の題の、歌の中にある。（『順徳院御集』）

あはれまた人めも草も枯にけり山の庵ぞ秋はさびしき

秀吉の歌の中の、「柴」の言葉は、「同比二百首和歌」（建保四年）の詞書のある、順徳院の歌の中にある。（『順徳院御集』）

あはれなるとを山はたのいほりかな柴の畑のたつにつけても

この歌の中に、先の、順徳院の、「あはれまた」で始まる歌の中の、「あはれ」「庵（いほり）」があり、出典の歌とした。

秀吉の歌の中の、「山おろしの」の言葉は、順徳院の、「同比当座　松風如秋」（建暦二年）の詞書のある、歌の中にある。（『順徳院御集』）

山おろしの松のふきしほる夕ぐれも秋かは袖に露こぼれつゝ

この歌の中の「秋」は、先の順徳院の、「あはれまた」で始まる歌の中に、「秋」があり、出典の歌とした。

丑寅（うしとら）の間の、秀吉の歌。

ふしみ江やかりねの床の夢さめてなくかなかぬか雁の一つら

秀吉の歌の中の、「ふしみ」「夢」の言葉は、順徳院の「伏見里」（建保三年）の題の、歌の中にある。（『順徳院御集』）

すがはらやふしみの里のさゝ枕夢もいくよの人めよくらん

秀吉の歌の中の、「かりね」の言葉は、順徳院の、「寄枕恋」（建保元年）の題の、歌の中にある。（『順徳院御集』）

草枕むすぶかりねの夢をだにいかにねしよと忍ばずもがな

この歌の中に、秀吉の歌の中の、「夢」があり、出典の歌とした。

秀吉の歌の中の、「なく」「雁」の言葉は、順徳院の、「惜月」（承久二年）の題の、歌の中にある。（『順徳院御集』）

おしむらん人の心をなく雁の声するかたに月ぞ残れる

秀吉の歌の中の、「なかぬ」の言葉は、順徳院の、「萩」（承久二年）の題の、歌の中にある。

（『順徳院御集』）

秋風ぞ雲井の雁のなかぬまも心とをける萩の白露

この歌の中に、秀吉の歌の中の、「雁」があり、出典の歌とした。

慶長元年十一月の歌

慶長元年（一五九六）十一月、豊臣秀吉が、大坂の亭にうつったころ、奇瑞の夢で、秀吉が得た歌。（桑田忠親著「秀吉自作の和歌」『豊臣秀吉研究』）

世をしれとひきぞあわする初春のまつのみどりも住よしの神

秀吉の歌の中の、「まつ」「住よしの」「神」の言葉は、「同比二百首和歌」（建保四年）の詞書のある、順徳院の、歌の中にある。（『順徳院御集』）

神さびて昔も遠き住吉の松にかひあることの葉もなし

慶長三年三月の歌

豊臣秀吉は、慶長三年（一五九八）三月十五日、醍醐の三宝院で、花見の茶会を催した。そのとき、秀吉が詠んだ、三首の歌がある。（桑田忠親著「秀吉自作の和歌」『豊臣秀吉研究』）

秀吉の三首の歌の中に、順徳院の、歌の中の言葉がある。

秀吉の歌。

あらためてなをかへてみん深雪山うづもる花もあらはれにけり

秀吉の歌の中の、「な」「花」は、順徳院の「同廿四日於南殿翫花　当座」（建保二年）の詞書のある、歌の中にある。（『順徳院御集』）

けふしもあれ何かはあだの名にたてん花にまれなる雲の上人

秀吉の歌。

深雪山(みゆきやま)かへるさおしきけふの暮(くれ)花のおもかげいつか忘れん

秀吉の歌の中の、「花の」「おもかげ」の言葉は、順徳院の、「神祇」（建保二年）の題の、歌の中にある。（『順徳院御集』）

賀茂山やみしは三月(やよひ)の花のかげこそのみゆきに面影ぞたつ

秀吉の歌。

恋しくてけふこそみゆき花ざかりながめにあかじいくとせの春

秀吉の歌の中の、「恋」の言葉は、順徳院の、「同比二百首和歌」（建保四年）の詞書のある、順徳院の歌の中にある。（『順徳院御集』）

奥山のかすみがくれの桜花まだみぬ人に恋やわたらん

秀吉の歌の中の、「花ざかり」の言葉は、順徳院の、「水辺鶯」（承久元年）の題の、歌の中にある。（『順徳院御集』）

浪かくる岸の桜の花ざかりあらぬさまなる鶯の声

順徳院の二首の歌の中に「桜」があり、出典の歌とした。

二章　豊臣秀次の歌、出典の歌

豊臣秀次

豊臣秀次は、豊臣秀吉の姉さとの子で、秀吉の甥である。秀次は、永禄十一年（一五六八）に誕生した。

秀次は、秀吉の二男秀頼が、文禄二年（一五九三）誕生後、継嗣問題から、秀吉との間に感情的しこりが生じ、秀吉から切腹を命じられた。文禄四年（一五九五）七月十五日、二十八歳で亡くなった。

秀次は、歌を詠んでいるが、歌の中に、順徳院の歌の中の言葉がある。

秀吉は、順徳院の歌の中の言葉を、歌の中に入れており、秀次も、それに倣ったのである。

天正十六年四月の歌

後陽成天皇が、聚楽第行幸の際、天正十六年（一五八八）四月十六日、豊臣秀吉の甥、権中納言豊臣秀次が詠んだ、「松に寄する祝を詠める和歌」の題の、歌がある。（『太閤記』）巻十一）

治(をさま)れる御代ぞとよばふ松風に民の草葉も猶(なほ)なびく也

歌の中の言葉は、順徳院の、歌の中から言葉がとられている。

秀次の歌の中の、「治れる」「代」「風」「草」「なび」は、順徳院の、「風」（承久二年）の題の、歌の中に、その言葉がある。

なお、「代」は、順徳院の歌では、「世」となっている。（『順徳院御集』）

声たてず治まれる世の風にこそよもの草木はまづなびきけれ

文禄三年の歌

豊臣秀吉が、文禄三年（一五九四）、吉野の花見を行った際、関白豊臣秀次が詠んだ、七首の歌がある。（『太閤記』巻十六）

二月廿五日、秀次は一首詠んでいる。

木々ははな苺路(こけぢ)は雪とみよしの丶分(わけ)あかぬ山の春のそでかな

秀次の歌の中の、「山」「路(ぢ)」と、「苺(こけ)」は、「苔」として、順徳院の、「同比当座　山路苔」（建暦二年）の詞書のある、歌の中にある。（『順徳院御集』）

み山ぢやむら雨とめぬかりのやに露あまりある苔のさむしろ

秀次の歌の中の、「みよしの丶」は、順徳院の、「同比二百首和歌」（建保四年）の詞書のある、歌の中に、その言葉がある。（『順徳院御集』）

みよしの、青根が岑の時鳥苔のむしろにきく人やなき

この歌の中には、秀次の歌の中の、「苔」の言葉もある。
秀次は、二月廿九日、「御歌会」で、五首の歌を詠んでいる。
五首の中の一首、秀次の、「花の願」の題の歌。

年月を心に懸し御芳野の花の木かげにしばしやすらふ

秀次の歌の中の、「月」「花」「木」「やすらふ」の言葉は、順徳院の、「同日花時鳥月雪を一首に詠　当座」（建保元年）の詞書のある、歌の中に、その言葉がある。（『順徳院御集』）

桜花雪とちりにし木のまより月にやすらふ郭公かな

五首の中の、秀次の二首の歌。
「不散花風」の題の歌。

かた分てなびく柳も咲いづる花にいとはぬ春の朝風

「花の祝」の題の歌。

おさまれる代のかたちこそみよしの、花にしづやも情くむ声

秀次の前者の歌の中の、「なび」「風」と、秀次の後者の歌の中の、「おさまれる」と、「代」は、「世」として、順徳院の、「風」（承久二年）の題の、歌の中に、その言葉がある。（『順徳院御集』）

声たてず治まれる世の風にこそよもの草木はまづなびきけれ

五首の中の、秀次の二首の歌。

「滝の上の花」の題の歌。

みるが内に槙のしづえもしづみけり芳野の滝の花のあらしに

「神の前の花」の題の歌。

ちはやぶる神やみるらん芳野山から紅のはなのたもとを

秀次の、二首の歌の中に、共通してある、「み」「芳野」「花」の言葉は、順徳院の「眺望」（建暦元年）の題の、歌の中にある。（『順徳院御集』）

はろ〴〵とながむる人も絶〴〵に霞みてみゆるみよしのゝ花

秀次に、三月一日に詠んだ、一首の歌がある。

ひたすらにかこちもやらず散（ちれ）ば咲雨より後の花のみよし野

秀次の歌の中の言葉、「より後の」「花」の言葉は、順徳院の、「三月盡」（承久二年）の題の、歌の中にある。（『順徳院御集』）

をのづから花は梢に残るとも今日より後の春はとまらじ

文禄四年、辞世の歌

豊臣秀次は、文禄四年（一五九五）七月十五日、二十八歳で亡くなった。
秀次に、辞世の歌が二首ある。（インターネット「辞世の句」）
歌の中に、順徳院の歌の中の言葉がある。
一首目の歌。

思ひきや雲居の秋の空ならで竹編む窓の月を見むとは

歌の中の、「思ひきや」「雲」「見」「とは」の言葉は、順徳院の辞世の歌の中に、その言葉がある。（インターネット「ちょっと差がつく百人一首講座」）

思ひきや雲の上をば余所に見て真野の入り江にて朽ち果てむとは

秀次の、もう一首の、辞世の歌は、次の歌である。

磯かげの松のあらしや友ちどりいきてなくねのすみよしの浦

歌の中の、「松のあらしや」「ちどり」「すみよしの」の言葉は、順徳院の、「住吉浦」（建保三年）の題の歌の中に、その言葉がある。（『順徳院御集』）

住吉の松のあらしやかはるらんゆふ波千鳥声まさるなり

三章　豊臣秀頼の歌、　出典の歌

豊臣秀頼

加賀三代藩主前田利常が、正保三年（一六四六）、越中高岡瑞龍寺に奉納した、豊臣秀頼の五首の歌がある。（『豊太閤真蹟集』下　昭和十三年）

五首の歌の中に、順徳院の、『順徳院御集』の、歌の中の言葉がある。

秀頼は、順徳院の歌の中の言葉をとり、歌を作っている。

順徳院は、建久八年（一一九七）九月十日生誕し、仁治三年（一二四二）九月十二日、四十六歳で崩御した。食を絶っての死であり、佐渡での生活は、二十一年であった。

秀頼は、文禄二年（一五九三）八月三日誕生し、大坂城脱出後、能登に移り、時国時保と名乗り、能登で生活した。

能登に移った年は、元和元年（一六一五）から、三年の間と考えられる。

秀頼は、寛永十一年（一六三四）十二月十二日、四十二歳で亡くなった。亡くなった日は、順徳院が崩御された日と同じ、十二日である。

秀頼は、豊臣秀吉、豊臣秀次が、順徳院の歌から言葉をとり、歌を作ったのを知っていた。

順徳院の辞世は、次の歌である。

思ひきや雲の上をば余所に見て真野の入江にて朽ちはてむとは

歌の中の「よそに」から、四十二歳で亡くなり、順徳院と同じく、地位を失った境遇であることを表したのである。

秀頼は、自殺したことが考えられる。

なお、このことに関したことを、以前、拙著（『良寛の出家と木下俊昌』平成十三年）に記した。

秀頼の歌二首

豊臣秀頼に、次の歌がある。（京都市善正寺蔵　瀧喜義著『「武功夜話」のすべて』）

たかせ舟しにゆくもとにもみじばのながれてはやきおほ井川かな

秀頼の歌の中の、「ゆく」「もみじば」「ながれ」は、順徳院の、「寄風雑」（建保元年）の題の、歌の中に、その言葉がある。（『順徳院御集』）

立田川ながれもゆくが紅葉ばのちらぬかげをも風に任て

なお、秀頼の歌の作られた年代は、不明である。

秀頼の歌の中にある、「たかせ舟」に関し、次の一文がある。

「徳川時代には京都の罪人が遠島を言い渡されると、高瀬舟で大阪へ回されたそうである」

（森鷗外著『高瀬舟縁起』）

秀頼の歌の中に、「しに」があり、秀頼が歌を詠んだ当時、「高瀬舟」は、遠島に配流される人のみならず、死罪の人も、乗っていたと考えられる。

豊臣秀頼に、次の歌がある。（井上安代編著『豊臣秀頼』）

いつわりと思ひながらもきみとはばたがまことより嬉しからまし

秀頼の歌の中の、「いつわりと思ひながらも」は、順徳院の、「同比二百首和歌」（建保四年）の詞書のある、歌の中にある。（『順徳院御集』）

偽とおもひながらも頼む哉うきをしらぬは心なりけり

秀頼の歌の中の、「たがまこと」は、順徳院の、「同比二百首和歌」（建保四年）の詞書のある、歌の中にある。（『順徳院御集』）

偽とおもふ心もさだまらずたがまことなる夕ぐれもがな

秀頼の歌の中の、「うれし」は、順徳院の、「同比又進同宮歌」（建保五年）の詞書のある、歌の中にある。(『順徳院御集』)

一すぢにたのむも神のちかひぞと思ふもうれし行末のそら

順徳院の、この歌の中に、「たのむ」「思ふ」の言葉がある。この言葉は、順徳院の、先の、先の、「偽とおもひながらも」で始まる歌の中に、「頼む」、また、順徳院の、先の、「偽とおもふ心も」で始まる歌の中に、「おもふ」がある。

順徳院の三首の歌は、言葉の上で関係がある。このことから、順徳院の三首の歌は、秀頼の歌の、出典ということができる。

秀頼の作歌の年代は、不明である。

秀頼自賛の歌

豊臣秀頼に、次の歌がある。（井上安代編著『豊臣秀頼』）

鳰照（におてる）や海のなかれのあれはしるつのらむ芦の春をたのまむ　　秀頼自賛

秀頼の歌の中の「なかれ」は、「流れ」であり、「あれはしる」は、「荒れ走る」である。

秀頼の歌の中の言葉は、順徳院の歌の中に、その言葉がある。

秀頼の歌の中の「鳰照や」は、順徳院の、「同比当座」（建保元年）の詞書のある、歌の中にある。（『順徳院御集』）

にほてるやさゝ波白き月のうへに秋ともふかぬひらの山かせ

秀頼の歌の中の「海の」は、順徳院の、「浦帰雁」（承久元年）の題の、歌の中にある。（『順徳院御集』）

こしの海の浦半の波もある物を花なき里と雁帰る也

秀頼の歌の中の、「なかれの」と、「はしる」は、「はし」「る」と、言葉が分かれるが、その言葉は、順徳院の「同比社頭歌　当座」（建保二年）の詞書のある、歌の中にある。（『順徳院御集』）

いはし水きよきなかれの行水にわするゝ瀬もなき我心哉

秀頼の歌の中の、「あれ」は、「あ」「れ」と、言葉が分かれるが、その言葉と「芦の」は順徳院の、「同比二百首和歌」（建保四年）の詞書のある、歌の中にある。（『順徳院御集』）

冬きてはあらはれぬらん芦の葉にかくれてすみし水江の月

「つのらむ」は、「つ」「の」「ら」「む」と、言葉が分かれるが、その言葉は、順徳院の、「同九月十三日夜歌合　江上月」（建保元年）の詞書のある、歌の中にある。（『順徳院御集』）

玉江こくあしかり小舟跡みえて水の秋とやつきはすむらん

「春を」と、「たのまむ」は、「た」「の」「ま」「む」と、言葉が分かれるが、その言葉は、順徳院の、「閏三月」（承久二年）の題の、歌の中にある。（『順徳院御集』）

一年に二たひ春をおしむとやまたもやよひの鶯の声

順徳院の五首の歌の中に、「月」は三首、「波」は二首、「水」は二首、同じ言葉が入っている。

この言葉のないのは、「一年に」で始まる一首だけであるが、この歌の中に、「鶯」がある。

また、「こしの海の」で始まる歌の中に、「雁」がある。

「鶯」と「雁」は、鳥の仲間である。

秀頼の歌の出典の歌とした、順徳院の六首の歌の、五首の中に、「月」「波」「水」の同じ言葉があり、二首の中に、鳥の仲間の言葉がある。六首の歌は、言葉のつながりがあり、順徳院の六首の歌は、秀頼の歌の出典の歌ということができる。

なお、秀頼の作歌の年代は、不明である。

正保三年奉納、秀頼五首の歌

加賀三代藩主前田利常から、越中高岡瑞龍寺に、正保三年（一六四六）奉納された、豊臣秀頼の、五首の歌がある。（『豊太閤真蹟集』）

五首の歌の中の言葉が、順徳院の歌の中にある。

秀頼の、「古郷初春」の題の歌。

よしの山みねのしら雪いつ消えてふる郷にこそ春は来にけり

歌の中の、「しら雪」「消え」「春は来にけり」の言葉は、順徳院の、「子日」（建暦元年）の題の、歌の中にある。（『順徳院御集』）

ねのひする小松が原に白雪の消あへぬまに春は来にけり

秀頼の、「梅」の題の歌。

むめの花匂ひふきくるやまもとの霞ぞかほるみねの春風

歌の中の、「むめ」「匂ひ」「春風」の言葉は、順徳院の、「同廿三日当座歌合　早春朝」（承久元年）の詞書のある、歌の中にある。（『順徳院御集』）

梅がえに今朝ふる雪はかつ消て残る匂ひを春風ぞ吹

秀頼の、「柳」の題の歌。

青柳のいとよりかけし浅みどり日かげもめぐる春の溺女（たをやめ）

歌の中の、「みどり」「春」「溺女（たをやめ）」の言葉は、順徳院の、「春雨」（建保三年）の題の、歌の中にある。（『順徳院御集』）

たをやめの袖のみどりもいたづらに色替り行春雨のそら

秀頼の、「松下鶴」の題の歌。

いくとせのよはひを契る松の葉にちよをかさぬる鶴の毛衣

歌の中の、「よはひ」「松」「鶴」の言葉は、順徳院の、「建保三年正月十六日　鶴伴仙齢」の詞書のある、歌の中のある。（『順徳院御集』）

松にすむ鶴のよはひにとりそへてとどめ置らん春もかはらじ

秀頼の、「山吹」の題の歌。

かはづなく井出の山吹心あらばしばしな散そゆきてながめむ

歌の中の、「井出」は、「井手」として、「山吹」「あら」の言葉も、順徳院の、「春里」（承久元年）の題の、歌の中にある。（『順徳院御集』）

山ぶきの花のしがらみかひもあらじとまらぬ春の井手の里人

順徳院の五首の歌の中に、夫々「春」の言葉があり、秀頼の歌の出典として合っている。

秀頼五首の歌の、作歌の年代は、不明である。

また、秀頼五首の歌は、大坂城から移った、能登居住中に作歌されたと考えられる。

なお、「古郷初春」の題の、歌の中の、「山み」は、「山見」と記されている。(『豊太閤真蹟集』下)

時国藤左衛門が、元和四年（一六一八）三月七日付で書いた、「前田家家老連署奉書」（折紙）（『奥能登と時国家　調査報告編1』平成八年）の中に、「なまり山見」とあり、「山見」がある。比べると、同一の筆跡である。秀頼と、藤左衛門は、同一の人物であるといえるのである。

然し、所蔵者からの、許可をとれなかったために、筆跡の写真を、掲載できなかったことを、つけ加えます。

四章　秀吉の「夢」、出典の歌

辞世の中の、「夢」出典の歌

豊臣秀吉の辞世の歌は、次の歌である。

つゆとおちつゆときへにしわがみかななにわの事もゆめの又ゆめ

桂家では、秀吉が、順徳院の歌の中から言葉をとり、歌を作っていたことに気がついていた。

また、辞世の中の「夢」の言葉の出典の歌が、どの歌か考えていた。

このことが、「新津秋葉宮奉納和歌」（『新津市史』資料編第三巻）によって、知ることができる。この中に、「夢談故人」の題の、四首の歌がある。この四首の中の夫々に、「夢」がある。

また、四首のうちの三首に、「夢」「覚（さめ）」の言葉が入っている。

桂譽章（茂先）の歌。


昔みし人とかはせし言の葉も覚てはかなき夢の戯

五泉の人の歌。

語りあふ夢は覚てもみし人の昔ながらに残るおも影

五泉の人の歌。

覚はて、跡なき夢をしたふ哉みぬよの人と語る今宵は

四首の中の、残り一首の中に、「夢」「覚」に加え、「うつつ」の言葉の入った歌がある。

堀越の人の歌。

過し人と其世ばかりの夢覚てうきはうつつに悌もなし

「新津秋葉宮奉納和歌」は、桂家の依頼によってできた歌である。

三首の歌の中の、「夢」「覚」、一首の歌の中の「夢」「覚」「うつつ」の言葉は、桂家の指示によって入れたのである。

順徳院に、「夢」の言葉の入った歌は、二十一首ある。その中に、「夢」「覚」「うつつ」の言

葉の入った歌が、一首ある。「同比当座　恋」（建暦二年）の詞書のある、歌である。（『順徳院御集』）

あはれまたたがみし夢のさめやらではては現の身をくだくらん

このことから、秀吉の辞世の歌の中の、「夢」の言葉の出典は、順徳院の、この歌と、桂家では考えていたのである。

桂譽章は、秀吉の辞世の歌の中の、「夢」の、出典の歌が分かり、自らの歌に、「夢」「覚」の言葉を入れ歌を作り、他の二人に、同じく、「夢」「覚」の言葉を入れ、歌を作るよう指示した。

また、他の一人に、「夢」「覚」「うつつ」の言葉を入れ、歌を作るよう指示した。

なお、秀吉の辞世の歌の中にある「我身」は、順徳院の歌（『順徳院御集』）の中に、八首あり、秀吉の辞世の歌の中の言葉は、『順徳院御集』からとっていることは確かである。

良寛が示す、「夢」の出典

桂譽章が考えた、豊臣秀吉の、辞世の歌の中の言葉、「夢」の出典の歌は、順徳院の、「同比当座　恋」（建暦二年）の詞書のある、歌である。（『順徳院御集』）

あはれまたたがみし夢のさめやらではては現（うつつ）の身をくだくらん

順徳院の歌の中の、「夢」「覚（さめ）」の入った、良寛の歌がある。

夢に夢を説くとは誰（た）れが事ならん覚たる人のありぬらばこそ

良寛の歌の中の、「誰（た）」は、順徳院の歌の中の、「たが」の、「た」に当たる。
順徳院の歌の中の、「夢」「現（うつつ）」の言葉の入った、良寛の次の二首の歌がある。

夢かともまた現（うつつ）とも思ほえず君に別（わかれ）し心まどひに

いにしへを思へば夢かうつつかも夜は時雨の雨を聞きつつ

これら、良寛の三首の歌から、秀吉の辞世の歌の中の、「夢」の言葉の出典は、順徳院の先の歌と、良寛は知っていたのである。

良寛は、誉章と親交があり、秀吉の辞世の中の、「夢」の言葉の出典の歌を、父から聞いていたのである。

順徳院の歌と、良寛の歌

順徳院に、「寄霜恋」（建保二年）の題の、歌がある。（『順徳院御集』）

霜をだに哀と思へ世の中に我身も人も消ぬばかりぞ

この順徳院の歌の中の、「思」「世の中」「我身」の言葉が入った、良寛の歌がある。

世の中の憂さを思ひば空蟬のわが身の上の憂さはものかは

また、同じく、順徳院の、歌の中の言葉を入れた、良寛の歌がある。

順徳院の歌は、「同比不廻時日詠七十首其内廿首入火中」（建保四年）の詞書のある、歌である。（『順徳院御集』）

世にたてば人のつらさもうき事も思ふよりこそ思ひなりけれ

この歌の中の、「世」「人」「憂」「事」の言葉を入れた、良寛の歌。

世の人にまじはる事の憂しとみてひとり暮らせば寂しかりけり

良寛はこのように、順徳院の歌に関心を持ち、順徳院の歌の中の言葉を入れ、歌を作っている。

辞世の中の言葉と、良寛の歌

豊臣秀吉の辞世の歌は、次の歌である。

つゆとおちつゆときへにしわがみかななにわの事もゆめの又ゆめ

秀吉の辞世の歌の中の言葉が、良寛の歌の中にある。
辞世の歌の中の、「つゆときへ」の入った良寛の歌は、次の二首である。

　宵子(よひ)の身まかりけるに

千年(ちとせ)もと頼みし人は仇(あだ)し野の草葉の露と消えにけるかな

　秋になりてややすこやかになりにければ

道の辺の草葉の露と消(きえ)はせで猶もうき世にありあけの月

辞世の中の、「わがみ」の入った良寛の歌は、次の十一首である。

世の中の憂さを思ひば空蟬のわが身の上の憂さはものかは
何ゆへに我身は家を出しぞと心に染よ墨染の袖
人の善悪聞ば我が身を咎めばや人は我身の鏡也けり
鳥辺野の煙絶えねば空蟬の我が身おぼえて哀れなりけり
いざ爰に我身は老む足曳の国上の山の森の下庵
樫の実のただ一人子に捨てられて我が身はかげとなりにしものを
なみなみの我が身ならねば術をなみたまさかに来し君を帰せし
　年の果てに鏡を見て
白雪をよそにのみみて過ぐせしがまさに我が身に積もりぬるかも
いとどしく老にけらしもこの夏は我が身一つの寄せどころなき
笠は空に草鞋は脱げぬ蓑は飛ぶ我が身一つは家の苞とて
すべをなみ一日二日と過ぎぬれば今は我が身の置きどころなき

辞世の歌の中の、「なにわの事」の入った良寛の歌は、次の四首である。

津の国の難波のことはいさ知らず木の下宿に三人臥しけり
津の国のなにはのことはよしゑやしただにひと足進めもろ人

津の国の難波（なには）のことはいさ知らず草の庵にけふも暮（くら）しつ

よしあしのなにはの事はさもあらばあれ共に尽（つ）くさむ一杯（ひとつき）の酒

辞世の歌の中の、「夢のまた夢」の入った良寛の歌は、次の二首である。

夢の世にまた夢結ぶ旅の宿寝覚淋しふ物や思はる

夢の世にかつまどろみて夢をまた語るも夢もそれがまにまに

これら、秀吉の辞世の歌の中の言葉を入れた良寛の歌により、良寛が、秀吉と関係があることを示している。

先祖を表す言葉

豊臣秀吉の朝鮮出兵の際、明に朝鮮が先兵となって攻めるよう求めたことを、「征明嚮導（せいみんきょうどう）」という。（楠戸義昭著『聖書武将の生々流転―豊臣秀吉の朝鮮出兵と内藤如安』）

「征明嚮導」の中に、「嚮導」がある。この言葉が、桂譽重の略歴を記した文章の中にある。

「八月一日土兵一隊を糾合し小阿賀河畔に屯して賊を討つ、越て四日嚮導と為り新津に追撃す、賊兵支ふる能はずして津川に走る、是に於て譽重命を奉じて郷中を鎮撫し且糧米一千苞を献じて恎討の資に供し周旋最も力む」

（『中蒲原郡誌』下編〈新津町〉大正七年）

「嚮導」の言葉があり、譽重の先祖に関係づけて、使われている。

この文章を書いた人は、桂家の人と考えられる。

また、秀吉の朝鮮侵略の前に、小西行長は沈惟敬と申し合わせて、秀吉の和平七条件を全く無視し、秀吉にとって屈辱ともいえる、関白降表は作成された。

関白降表は、次のように記されている。

「万暦二十三年十二月廿一日、日本関白臣平秀吉、誠惶（せいこう）、誠恐（せいきょう）、稽首頓首（けいしゅとんしゅ）、上言請告（せいこく）す」（楠

戸義昭著・前掲書）

この中の、万暦二十三年は、日本では、文禄四年（一五九五）である。

この中の、「誠惶」「誠恐」「頓首」の言葉が、明治十一年九月二十日、明治天皇、桂家に駐蹕の際の記念に、桂民衛が記した一文の中にある。（『千草の花』）

「龍徳叡敏ナル陛下ノ徳沢宝祚、天地ト永遠無朽ナランコトヲ祝ス臣民衛誠恐誠惶頓首々々」

民衛が、桂家の先祖に関係づけ、秀吉の言葉を、文章に入れたのである。

『北越偉人沙門良寛全伝』（西郡久吾編述）の中に、大正癸丑立夏の日付で、桂湖村の「叙」が記されている。「癸丑」は、大正二年のことである。「叙」は、書物のはしがきの意味である。

「叙」の中に、「寛公」と表現した箇所が、四ヶ所ある。その中の一つは、次のようである。

「吾祖考と、寛公及び其の弟由之君、相識るの故を以て」

（帆刈喜久男著「桂湖村について」『新津郷土誌』第十七終刊号）

良寛に、「公」をつけることにより、良寛の先祖が武家であり、実父が桂譽章であり、譽章の先祖が、豊臣秀吉であることを表している。

五章　桂譽春と、桂譽章の歌

立春を表した歌

桂譽春に、「立春日」の題の歌がある。(「新津秋葉宮奉納和歌」明和七年『新津市史』資料編第三巻　平成二年)

さしのぼる嶺にあさ日のかがやきてのどかに霞む春は来にけり

歌の中の、「のどかに霞む」は、順徳院の歌の中にある。(『順徳院御百首』)

今朝のまはひかりのどかに霞む日を雪げにかへす春の夕風

順徳院が、佐渡で詠まれた歌の中の言葉から、「のどかに霞む」は、佐渡を表す言葉である。

譽春は、佐渡の立春のころの情景を、歌で表したのである。

譽春が、佐渡へ行ったことがあったことを、歌は表している。

早秋を表した歌

桂譽春に、「野径早秋」の題の歌がある。（「新津秋葉宮奉納和歌」）

行（ゆき）かよふ野路はきのふにかはらねど今朝おどろかす荻（をぎ）の上風

歌の中の、「荻の上風」は、順徳院の歌の中にある。（『順徳院御百首』）

しら露も雁の涙もおきながら我が袖そむる荻の上かぜ

順徳院の歌の中の言葉から、「荻の上風」は、佐渡を表す言葉である。譽春の歌は、人が往き来している佐渡の野路は、きのうと変わらないが、翌日の朝は、きのうは吹かなかった風が、荻の上を吹き、人を驚かしたという意味である。佐渡の早秋を表した歌である。

佐渡の海辺を表す歌

桂誉春に、「海辺暁雲」の題の歌がある。(「新津秋葉宮奉納和歌」)

白浪の寄する越路の浦遠き沖に立まふあかつきの雲

歌の中の「白浪」「寄する」は、順徳院の歌の中にある。(「順徳院御百首」)

いつで舟おひ風はやくなりぬらしみほの浦わによする白波

歌の中の「あかつき」は、順徳院の三首の歌の中にある。(『順徳院御百首』)

あか月のやこゑの鳥もいたづらになかぬばかりにあくるしののめ
鳥のねのあかつきよりもつらかりきおとせぬ人のゆふぐれのそら
あふと見てさむる夢路の名残だになほをしまるるあか月の空

順徳院が佐渡で詠まれた歌の中の、「あかつき」は、佐渡を表す言葉である。譽春の歌は、白波の寄せる佐渡で、沖に漂う雲が、立ち舞っているように見えるという、佐渡の海辺の情景を表した歌である。

譽春の歌の中の、「越」「浦」「立（たち）」の入った、譽春の歌に対応する、良寛の歌がある。（『良寛の百人一首』）

道の後（しり）越の浦波たち返りたち返りみる己が行ひ

歌の中の、「越」「浦」「たち」は、譽春を意味する言葉である。

歌の中の「道の後（しり）」は、最も都に遠い地域の意味であり、この歌では、佐渡を意味している。佐渡の海岸に、波が打ち寄せては返すことが、とまることなく続いている。これと同じように、自分の行いが、譽春に対して恥ずかしくないか、わが身を振り返ることを、常に続けているという意味である。

帰郷を表す歌

桂譽章に、「首夏郭公」の題の歌がある。(『新津秋葉宮奉納和歌』)

春も過(すぎ)花をうつろふ今朝よりは卯月の空に鳴時鳥

歌の中の「今朝」は、順徳院の次の三首の歌の中にある。(『順徳院御百首』)

今朝のまはひかりのどかに霞む日を雪げにかへす春の夕風
山おろしあられ吹きしく篠のうへに鳥ふみまよふ今朝のかり人
こまとめてしばしはゆかじ八幡のくもでにしろき今朝のあは雪

「今朝」は、順徳院が佐渡で詠まれた歌の中の言葉から、佐渡を表す言葉である。

歌は、春も過ぎ、花も終り、夏を迎えた四月の佐渡の空で、季節が変わったことを知った時鳥が、鳴いているという意味である。

このような歌の解釈もできるが、譽章の、他の三首の奉納和歌の内容から、この譽章の歌は、深い意味があると考えられる。

譽章の歌の中の、「過(すぎ)」「鳴(な)」「時鳥(ほととぎす)」は、永仁六年（一二九八）、佐渡に配流された、京極為兼の、次の歌の中にある。

鳴けば聞く聞けば都の恋しきにこの里過ぎよ山ほととぎす

この歌は、世阿弥著『金島書』の中の、「配処」の項に記されている。

為兼が、時鳥の鳴く声を聞くと、都への帰郷の思いが強くなるので、鳴かないでほしいと願ったところ、為兼の配処の地、八幡(やはた)の、真野湾に臨んだ八幡宮(はちまんぐう)では、時鳥が、鳴かなくなったと、歌の説明が記されている。

譽章の歌の中の「今朝」は、順徳院の三首の歌の中にあるが、その中の一首に、「八幡」の言葉がある。

為兼の歌は、八幡宮と関係があるが、順徳院の歌の中に、「八幡」の言葉がある。

譽章の歌は、順徳院の歌の中の、「今朝」、「八幡」の、言葉のつながりによって、為兼の歌と関係があることを示している。

譽章の歌では、為兼の歌とは反対に、時鳥が鳴いており、帰郷したことを表している。

譽章の歌の中の「春」は、譽章の兄、桂譽春の名前の中にあり、譽春を表している。

譽章の歌は、佐渡に滞在していた譽春が、越後に帰郷する、その際のことを表している。

譽春が、佐渡に滞在したことがあったことを、歌で表したのである。

故人にされた良寛

桂譽章に、「夢談故人」の題の歌がある。（『新津秋葉宮奉納和歌』）

昔みし人とかはせし言の葉も覚てはかなき夢の戯（いたづら）

歌の中の「戯（いたづら）」は、順徳院の歌の中にある。（『順徳院御百首』）

あかつきのやごゑの鳥もいたづらになかぬばかりにあくるしののめ

順徳院が佐渡で詠まれた歌から、「いたづら」は、佐渡を表す言葉である。

譽章の歌の題の中に、「故人」がある。

「故人」は、「古い友人」「死んだ人」の意味がある。（『旺文社古語辞典』）

譽章の歌の中の言葉を入れ、譽章の歌と同じ意味にした、良寛の歌は、次の歌である。（『良寛の百人一首』）

面影の夢に見ゆるかとすればさながら人の世にこそありけれ

この歌は、「同胞(はらから)の阿闍梨(あざり)の身罷(みまか)りしころ夢に来(き)て法門(ほふもむ)のことなど語(かた)りて醒(さ)めて」の詞書がある。「阿闍梨(あざり)」は、寛政十二年（一八〇〇）正月に、三十一歳で亡くなった、良寛の弟有澄(ゆうちょう)のことである。（谷川敏朗著『校注良寛全歌集』）

亡くなった弟の顔が、夢で見えたと思ったが、目が覚めると、消えてしまったという意味である。良寛の歌から、譽章の歌は、身内の人が亡くなったことを表していると、良寛が理解していたことが分かる。

譽章の歌は、身内は良寛のことであり、死んだ人として詠んでいるのである。

譽章は、死んだ良寛と、夢で言葉を交したが、目が覚めると、あっけない、夢のいたずらであったという意味である。

また、譽章の歌の中の「みし」に「三」、「人(ひと)」に「十」、「覚(さめ)」に「三」がある。これらの数字は、良寛の生年月日、宝暦三年十月三日を表している。父が、生年月日を証言しているのである。

秋の夜を表した歌

桂譽章に、「深夜聞雁」の題の歌がある。（「新津秋葉宮奉納和歌」）

ね覚ては哀もふかき秋のよの更行そらに雁ぞきこゆる

歌の中の、「ね覚」「哀」「秋のよ」「雁」は、順徳院の、次の四首の歌の中にある。（『順徳院御百首』）

月見よと軒ばの荻の音せずはさてもねぬべき秋のね覚を
きくたびにあはれとばかりいひすてて幾世の人の夢をみつらむ
追風になびく雲のはやければ行くとも見えぬ秋のよの月
かへる雁涙や秋にかはるらん野べはみどりの色ぞ染行く

順徳院の歌の中の言葉から、これらの言葉は、佐渡を表す言葉である。

譽章の歌は、佐渡の秋の夜の情景を表している。

良寛誕生の夜を表す歌

桂譽章に、「対月問昔」の題の歌がある。（「新津秋葉宮奉納和歌」）

くもりなき影をみるにも思ひ出の昔をとはん秋の夜の月

歌の中の、「秋の夜の月」は、順徳院の歌の中にある。（『順徳院御百首』）

追風にたなびく雲のはやければ行くとも見えぬ秋の夜の月

順徳院が、佐渡で詠まれた歌の中の言葉から、「秋の夜の月」は、佐渡を表した言葉である。譽章の歌の中の、「なき」「影（かげ）」「見」「思（おも）」は、順徳院の次の歌の中にある。（『順徳院御百首』）

月もなほみしおも影はかはりけりなきふるしてしそでの涙に

譽章の歌の中の「なき」は、順徳院の歌の中の「泣き」である。「思」は、順徳院の歌の中の「面」である。

順徳院の歌は、思い出の人の面影は、悲しみの涙でかき消され、分からなくなってしまったという意味である。

譽章の歌は、順徳院の歌の中の言葉で、別れた良寛を表している。

歌は、曇りなく照った月を見ると、佐渡で良寛が生まれた秋の夜の月も、同じように明るく照っていたことが思い出される。

今は良寛と別れ、悲しい気持で月を見ているという意味である。

なお、良寛が、十月三日の夜に、生まれたことを表すのが、良寛の次の歌である。

歌の中の「月と」は、「月十」と書くと、十月を意味する表現である。

わりなくも思ふものから三日の夜の月とともにや出でてぞ我越し

秋葉神社と佐渡

「新津秋葉宮奉納和歌」に、下早通の、宣方の、「寄月神祇」の題の歌がある。

玉垣にさやけき月の影そふもくもらぬ神の心ならまし

歌の中の「さやけ」「月の影」「そふ」「くもらぬ」「神」「心」は、順徳院の四首の歌の中にある。(『順徳院御百首』)

吹はらふ雪げの雲のたえだえをまちける月の影のさやけさ
よひよひに袖まきほさん人もがなとひくる月はなみだそふなり
蚊遣火のけぶりは人のしわざにておのれくもらぬ夏の夜の月
かづらきの神や心にわたすらんあけてとだゆる夢のうき橋

順徳院の歌の中の言葉から、これらの言葉は、佐渡を表す言葉である。

宣方の歌は、秋葉神社が、佐渡に関係ある神社であることを表している。

なお、佐渡に関する事典の中に、「秋葉山信仰（あきばさんしんこう）」の項があり、「相川町橘では、秋葉山講の日、講仲間が集り、団子を食べ酒を飲んだという」（『佐渡相川郷土史事典』）と記されている。

佐渡での、「秋葉山信仰」の影響を受け、桂家は、秋葉神社を建てたことが考えられる。

六章　桂譽春を表す歌

隠居し、佐渡へ

与板町町年寄であった、山田杜皐が、官職から離れた時、山田杜皐のことを、詠んだといわれる、良寛の歌がある。（谷川敏朗著『良寛全歌集』）

明日からは冠(かむり)もかけずうれしくも美保(みほ)の浦わに鱸(すずき)釣りてむ

明日からは、官職から離れて、うれしいことに、美保の海べで、気ままに鱸を釣ることにしようの意味である。

杜皐の姓である「山田」を、良寛は、桂譽春の意味にしている。（六章の中の、耕作を表す歌、参照）このことから、杜皐を、良寛は、譽春に見倣している。

歌の中の、「美保の浦わ」は、島根県の美保かと、歌の注に記されている。しかし、島根県では、与板からは、遠すぎるのである。

順徳院の歌の中に、「みほの浦わ」の言葉がある。（『順徳院御百首』）

いつで舟おひ風はやくなりぬらしみほの浦わによする白浪

「みほの浦わ」は、順徳院が、佐渡で詠まれた歌の中の言葉から、佐渡を表す言葉である。良寛の歌は、譽春に関係しているのである。

譽春が官職を辞し、佐渡へ行く機会があったことを示す、資料がある。

この資料を要訳すると、次のようである。

宝暦四年（一七五四）六月十九日、五十一歳の譽春は、病気になったからといい、突然、藩に隠居願いを差し出した。

隠居願いから約一ヶ月後には、隠居が認められ、跡継ぎの桂譽章が、二十一歳で大庄屋格に任ぜられ、十月十九日には、譽春は隠居名六爺と、新発田藩の「政務日誌」に記録されている。（冨澤信明著「おのぶと新次郎はいつ離縁したのか　良寛の父は以南に他ならない」全国良寛会会報一一七号）

この資料から、良寛の歌を、理解することができる。

譽春は、宝暦四年大庄屋を辞し、時間が自由になり、佐渡へ行き、釣りをすることが可能になったのである。

良寛の歌は、譽春に見倣した杜阜の釣りによって、譽春が佐渡へ行ったことがあったことを表している。

良寛の異母弟桂成章は、宝暦九年一月の生まれである。母の名は、さよという。

良寛は、宝暦三年十月三日に生まれていたが、山本家の子であり、成章の誕生まで、桂家に跡取りはいなかった。

そのため、他家の子であるが、甥の良寛を、譽春は、心にかけていた。

隠居して時間のできた譽春は、良寛の成長を見守るため、宝暦四年十月以降、佐渡へ向かったのである。

なお、譽章と、さよとの間に生まれた、長女さのは、宝暦四年の生まれである。このことから、良寛は、宝暦四年以前の生まれであることは、確かである。

溝口軌景の証言

溝口軌景（安永六年〈一七七七〉没四十六歳）に、「旅行鐘」の題の、二首の歌がある。（「秋葉権現奉納三十首和歌」）

歌の成立年は、「新津秋葉宮奉納和歌」が完成した、明和七年（一七七〇）の同じ時か、その直後と考えられる。題が三十で、二首ずつ、六十首載っている。

旅人は路いそぐらし里遠きさも入相の山寺のかね
まがきこし山路の暮の旅の空に里のしるべの入相のかね

歌の中の「入相のかね」は、豊臣秀吉の、「上の蔵王宮にて」の題の歌の中にある。（『太閤記』巻第十六）

帰らじもおもふ家路を入あひの鐘こそ花のうらみなりけり

題の中の「蔵王」は、秋葉神社に関係のある言葉であることが、「秋葉信仰」について記された一文から分かる。

「観世音の申し子が越後の蔵王堂十二坊のうちの一つ、三尺坊で修行をし」(『万有百科大事典』4哲学宗教)

軌景は、秋葉神社に「蔵王」が関係することから、同じ言葉のある秀吉の歌から、「入あひの鐘」の言葉をとったのである。

つまり軌景は、秋葉宮の建造者、桂譽春の先祖を知っていたことが、このことから分かる。

軌景の後者の歌の中の「籬」は、順徳院の歌の中にある。(『順徳院御百首』)

ふしわぶる籬の竹のながき夜に猶おきあまる秋の白露

順徳院の佐渡での歌から、「籬」は、佐渡を表す言葉である。

「旅人は」で始まる歌の中の、「旅人」は、譽春のことである。(十章の中の、「天の帝」と「天の命」、参照) 佐渡での、譽春のことを表した歌である。

「まがきこし」で始まる歌も、佐渡での、譽春のことを表した歌である。

なお、軌景は、享保十七年(一七三二)に、湯浅正長の次男として生まれた。溝口家の分家伊織家の、四代溝口景周の養子となり、家督を継ぎ、五代となった。

軌景は多芸であり、教養もあり、和歌は、冷泉為則を師とした。（インターネット「伊織家」）

耕作を表す歌

「田家送年」の題の、大郷の寄重の歌がある。（「新津秋葉宮奉納和歌」）

稲すゞめむれくる軒のわびしきに馴て幾世の秋や経ぬ覧

歌の中の、「経ぬ覧」は、順徳院の二首の歌の中にあり、「幾世」も、順徳院の一首の歌の中にある。（『順徳院御百首』）

谷ふかきやつを椿いく秋の時雨にもれて年のへぬらん

きえやらぬならはし物の心みに玉のをばかりいく世へぬらん

順徳院が、佐渡で詠まれた歌の中の言葉から、これらの言葉は、佐渡を表す言葉である。

寄重の歌の中の言葉、「雀」「軒」「馴(なれ)」は、良寛の次の歌の中にある。

雀子が人の軒ばに住みなれてさえづる声のそのかしましさ

歌の中の、「さえづ」の言葉の入った、桂譽章の、「芭蕉翁」の題の句がある。（『俳諧三つの手向』）

恩に百千の鳥の囀り

良寛に、「芭蕉翁の賛」の題の詩がある。（谷川敏朗著『校注良寛全詩集』）

題の中の「翁」は、良寛の長歌「月の兎」の中に出ており、良寛は、桂譽春の意味にしている。（十章の中の、「天の帝」と「天の命」、参照）そのため良寛は、松尾芭蕉を、譽春に見做している。

このため、譽章の句の中の、「鳥」「囀」を、良寛は、譽春の意味にしている。

良寛の歌の中に、「さえづ」があり、歌の中の「雀」は、譽春の意味である。また、「雀子」の中の「子」は、譽春を意味する言葉である。（六章の中の、「師」の意味、参照）

寄重の歌の中の言葉をとり、良寛は歌を作り、「雀」が、譽春の意味であることを示している。譽春が、佐渡で耕作をしながら、何年かを過ごしたことを、寄重の歌は表している。

「田家送年」の、寄重の歌の題と同じ、溝口軌景の、二首の歌がある。（「秋葉権現奉納三十首

和歌」新発田市立図書館蔵）

一首は、次の歌である。

秋毎に残る山田のひらかれていやしき庵に送る年月

歌の中の「山田」は、良寛の、次の歌の中にある。

足曳の山田の田居に鳴く蛙声のはるけき此夕べかも

歌の中の「声」は、譽春の、「黄鸝師」（盧元坊紅里）の題の、句の中にある。（『俳諧三つの手向』）

鶯や三世にわたりて声のさえ

良寛は、譽春を、「黄鸝師」に見做しているので、（六章の中の、「師」の意味、参照）句の中の「声」を、譽春の意味にしている。この言葉と一緒にある、良寛の歌の中の「山田」は、譽春の意味である。

軌景の歌は、譽春が、佐渡で耕作をしながら、みすぼらしい家で、何年か過ごしたという意味である。

由之に宛てた、三首連記の中の一首に、次の歌がある。

草の庵（いほ）に足さしのべてお山田のかはずの声を聞かくしよしも

歌の中の「山田」「声」は、譽春の意味である。佐渡での、譽春のことが思い出されるので、蛙の声を聞くことは、楽しいことであるの意味である。

軌景の、残りの一首は、次の歌である。

かしねまに残るをだ巻くりかへし露にぬれつゝ年ぞへにける

歌の中の「かしねま」は、佐渡を意味する言葉である。

この歌も、譽春が、佐渡で耕作をしながら、何年かを過ごしたことを表している。

寄重、軌景の歌は、ともに、同じ意味の内容である。

なお、軌景の歌の中の、「露に」「ぬれ」の言葉の入った、良寛の歌がある。

秋の野の小野を分けつつ我が行(ゆ)けば千草の露に袖ぞぬれける

佐渡を表す軌景の歌から、この言葉の入った良寛の歌は、佐渡を表す歌である。

良寛の歌は、佐渡の秋の野原の、小道を分けながらわたしが行くと、多くの草についている露によって、袖がぬれてしまったという意味である。佐渡での体験を表した歌である。

「師(し)」の意味

桂譽章（些兮）は、三祖塔（芭蕉・支考・廬元坊の三塔）を、秋葉山の円通閣の近くに、寛政六年（一七九四）建てた。この時、松尾芭蕉追善のために発行したのが、『俳諧三つの手向』（『新津市史』資料編第三巻）である。

この中に、桂譽春（葛朱）の生前の句である、「黄鸝師(こうりし)」の題の、句が載っている。

鶯や三世にわたりて声のさえ

「黄鸝師」は、各務支考(かがみしこう)の門人である、廬元坊紅里のことで、同人は、寛保二年（一七四二）七月、新津に来て句会を催しており、譽春と面識があった。（「俳諧文芸の普及」『新津市史』通史編上巻）

良寛に、次の歌がある。

うちなみき春は来にけり吾園の梅の林に鶯ぞ鳴

歌の中の「鶯」は、譽春の句の中にあり、良寛は、「鶯」を、譽春の意味にしている。

また、歌の中の、「春は来にけり」の中の「春」は、譽春の名前にあり、良寛は、譽春の意味にしている。

譽春は、「黄鸝師」の題の句を詠んでいるところから、良寛は、廬元坊紅里である「黄鸝師」を、譽春に見做している。

このため、「黄鸝師」の中の「師」を、良寛は、譽春を意味する言葉にしている。

良寛の長歌「月の兎」の中に、「天の命」がでてくるが、この言葉は、譽春の意味である。（十章の中の、「天の帝」と「天の命」、参照）この言葉の中の「天」と同じ読み方の「雨」は、譽春の意味である。良寛の「雑詩」の題の詩の中に、「雨師　林叢を厳かにす」と記されている。「雨師」の中に、「雨」があり、「師」は譽春の意味である。

良寛の弟山本由之の中に、「し」があり、良寛は由之を、譽春に見做している。

なお、良寛に、「孔子の賛」の題の詩がある。（谷川敏朗著『校注良寛全詩集』）

「孔子」の中に「子」があり、良寛は孔子を、譽春に見做している。「賛」を「三二」と書くと、「三二」は、三代譽春に合った字である。「賛」の字で、譽春を表している。

三代様(さんだいさま)

桂譽正に、「田家(たづらのいほ)」の題の、歌がある。(『今古和歌初学』)

とほしろに田づらのいほの夕けぶり御代(みよ)ゆたけなるさまもみえけり

歌の中の「御代」は、「三代」と書ける。歌の中の「さま」と続けると、「三代様(さんだいさま)」となる。

「ゆたけなる」は、財産を築いた、三代、桂譽春に、似合った言葉である。

歌は、「三代様」と言われた、譽春を表した歌である。

「さすたけの君」の意味

良寛に、次の長歌がある。長歌は、別本では、「秋の寝覚」の詞書がある。（谷川敏朗著『校注良寛全歌集』）

この秋は、帰り来(き)なむと　あさ鳥の　音づれぬれば　さ牡鹿の　朝臥す小野の　秋萩の
萩の初花　咲きしより　今か今かと　立待(たちまて)ば　雲ゐに見ゆる　雁がねも　いや遠(とほ)ざかり　行(ゆく)な
べに　山の紅葉は　散りすぎぬ　今更に君　帰らめや　故里(ふるさと)の　あれたる宿に　独(ひとり)吾(わ)が　あり
がてぬれば　玉だすき　かけてしぬびて　夕星(ゆふづつ)の　か行かく行き　さすたけの　君も逢やと
分け行ば　五百重(いほへ)山　千重に雪ふり　たな曇り　袖さへさへて　慰むる　心はなしに　唐錦(からにしき)
立帰り来て　艸(くさ)の庵(いほ)に　わびつつぞをる　逢よしをなみ

秋山の紅葉は過ぎぬ今よりは何によそへて君をしぬばむ

長歌の中の、「さ牡鹿」「小野」「独(ひとり)」の言葉は、順徳院の次の歌の中に、その言葉がある。

（『順徳院御百首』）

棹鹿のつれなき妻もあるものをまつをうらみの星合の空
霧はればあすも来てみん鶉なくいはたのをのの紅葉しぬらん
あしがもの羽がひの山の春の色にひとりまじらぬ岩つつじかな

順徳院が佐渡で詠まれた歌の中の言葉から、「さ牡鹿」「小野」「独」は、佐渡を表す言葉である。

このことから、長歌の表す土地は、佐渡のことである。

また、題の、「秋の寝覚」の言葉は、順徳院の歌の中にある。（『順徳院御百首』）

月見よと軒ばの萩の音せずはさてもねぬべき秋のね覚を

このことによっても、長歌の内容は、佐渡のことと分かる。

長歌は、佐渡にいる人の元へ、人が訪ねてくることを、待ちこがれている内容である。

「さ牡鹿」は、「おじか」（『新潮国語辞典第二版』）のことであるが、良寛は、譽春の意味にしている。順徳院の歌の中にあることから、「さ牡鹿」は、佐渡の意味があり、このことから、譽春には、また、佐渡の意味がある。

桂譽春（元説）に、「野径早春」の題の歌がある。（『新津秋葉宮奉納和歌』）

ゆきかよふ野路はきのふにかはらねど今朝おどろかす荻の上風

この歌の中の言葉を入れ、譽春の歌の内容と同じにした、良寛の歌がある。（『良寛の百人一首』）

世の中は変はり行けどもさすたけの君が心は変はらざりけり

譽春の歌に対応している、良寛の歌の中の、「さすたけの君」は、譽春の意味である。

また、二首の歌の中にある「変は」を、良寛は、譽春を表す言葉にしている。

幼少期、佐渡にいた良寛の元へ、「さすたけの君」である譽春が、訪ねてくることを、良寛が待っていることを表した内容の長歌である。

「さすたけの君」に当たる人

「さすたけの君」は、桂譽春を表す言葉である。この言葉を入れた良寛の歌は、二十二首ある。（谷川敏朗著『校注良寛全歌集』）

この言葉の入った、贈った人の氏名が分かるのは十人であり、歌は十六首である。

氏名が分かる、十人を分類すると、次のようになる。

分類	「さすたけの君」の言葉を入れた理由
1「三」	譽春が、桂家三代から、姓に「三」の入った人。
2「原」	譽春の号「元説（げんせつ）」から、この中の「げん」と同じ読み方の「原」が、姓に入った人。
3「げん」	「げん」が、名前に入った人。
4「珍」	譽春の妻は、林珍右衛門の女みよである。みよは、「三代」と書ける。このため譽春に関係づけて、珍右衛門の中の「珍」を、譽春を表す言葉とし、名前の中に、「珍」の入った人。
5「し」	寛保二年（一七四二）、俳人盧元坊紅里（黄鸝師（こうりし））は、新津にきて、句会を催した。譽春は、「黄鸝師」の題で句を詠んでいる。このため、良寛は、譽春を黄鸝師に、見做している。この中の「し」が、名前に入った人。

分類	さすたけの君にあたる人	良寛の歌
1「三」	三輪家第五代。三輪多仲の三男 三輪左一 三輪家第九代。 三輪権平	左一がみまかりしころ この里に往き来の人はさはにあれどさすたけの君しまさねば寂しかりけり あらたまの年は経るともさすたけの君が心は忘らえなくに
2「原」	原田仁左衛門の三男。医師。 原田鵲斎 原田鵲斎の長男。医師。 原田正貞 渡部の医師。 藤原一斎 国学者。 藤原（大村）光	白雲よ立ちな隠しそさす竹の君があたりを見つつ忍ばむ 春の野に若菜摘まむとさすたけの君が言ひにしことは忘れず さすたけの君がみためと久方の雨間に出でて摘みし芹ぞこれ 山陰の槙の板屋に雨も降り来ぬさすたけの君がしばしと立ちどまる

	枝(え)	べく
3「げん」	七日市(なゆかいち)の庄屋。山田家五代。山田七彦(しちげん)	世の中は変はり行(ゆ)けどもさすたけの君が心は変はらざりけり
4「珍」	渡部の庄屋。阿部家第九代。阿部定珍	さすたけの君がすすむるうま酒に我酔ひにけりそのうま酒に さすたけの君がすすむるうま酒にさらにや飲まむその立ち酒を 秋の夜はながしと言へどさすたけの君と語ればみぢかくもあるか
5「し」	良寛の弟。山本由之(ゆうし)	あしびきの山の紅葉はさすたけの君には見せつ散らばこそ散れ さすたけの君が賜ひし小百合根のその小百合根のあやにうましと あづさ弓春の野に出て若菜摘めどもさすたけの君と摘まねば籠にも満(み)たなふに さすたけの君と相見て語らへばこの世に何か思ひ残さむ さすたけの君にあひみて今日は酔ひぬこの世に何か思ひ残さむ さすたけの君が心の通へばや昨日(きそ)の夜一夜夢に見えつる

「ちきり」は鬻春の意味である。

出雲崎の妓楼「ちきり屋」の内儀。

さすたけの君が贈りし新毬をつきて数へてこの日暮らしつ

「ちきり屋」の中の、「ちきり」の入った、良寛の歌が二首ある。

若菜摘む賤が門田の田の崩岸にちきり鳴くなり春にはなりぬ

我庵の前の門田の田の畦にちきり鳴なり春は来にけり

二首の歌の中にある、「春にはなりぬ」「春は来にけり」の中にある「春」は、鬻春を表す言葉である。この言葉と一緒にある「ちきり」は、鬻春を表す言葉である。このため、内儀に、「さすたけの君」の言葉の入った歌を与えたのである。

なお、「ちきり」は、鳧の方言である。渡り鳥で、春先に日本に飛来する。

先の歌の中にある「毬」は、鬻春の意味である。（七章の中の、「手毬」の意味、参照）このことも、内儀を、鬻春に見做していたと分かる。

「変は」の言葉に当たる人

「変は」は、譽春を表す言葉である。この言葉の入った、良寛の歌は七首ある。（谷川敏朗著『校注良寛全歌集』）贈った人の氏名の分かる人は三人であり、三首である。

分類	譽春にあたる人	良寛の歌
3「げん」	七日市の庄屋。山田家の五代。山田七彦	世の中は変はり行けどもさすたけの君が心は変はらざりけり
5「し」	良寛の弟。山本由之	由之に宛てた、三首連記の中の一首。 古へに変はらぬものは荒磯海と向かひに見ゆる佐渡の島なり 歌の中の、「向か」は、譽春を意味する言葉である。歌の中の「佐渡」は、佐渡に来島したことのある、譽春の意味がある。歌は、譽春を回想した歌である。

「心」は、譽春の意味である。（七章の中の、元の心、参照）	貞心尼 貞心尼の中に「心」がある。	心さへ変はらざりせば這ふ蔦の絶えず向かはむ千代も八千代も 歌の中に、「向か」があり、「変は」とともに、貞心尼を譽春に見做している。

なお、「変は」の入った、良寛の残りの四首は、次の歌である。

何ごとも移りのみ行く世の中に花は昔の春に変はらず

心をば松に契りて千年まで色も変はらであらましのものを

草枕夜ごとに変はる宿りにも結ぶは同じ古里の夢

　三条の市にでて

永らへむことや思ひしかくばかり変はり果てぬる世とは知らずて

（文政十一年十一月十二日の三条大地震の感慨）

良寛の歌の中の「向」は、譽春を意味する言葉である。貞心尼に宛てた歌と、山本由之に宛てた歌の中に、「向」がある。（六章の中の、「変は」の言葉に当たる人、参照、七章の中の、「手毬」の意味、参照）

亀田鵬斎が、良寛を初めて訪れたのは、文化六年（一八〇九）九月と思われるが、その時の歌の中に、「むか」がある。

名にしあふ今宵の月を我が庵に都の人とむかふ隈なき

良寛は鵬斎を、譽春に見做していたのである。

他に、「向」の入った歌と、施頭歌がある。（谷川敏朗著『校注良寛全歌集』）

何をもて答へてよけむたまきはる命（いのち）に向（む）かふこれのたまもの

歌の中の「命（いのち）」は、「みこ」「みこと」と読むと、譽春の意味である。（十章の中の、「天の帝」と「天の命」、参照）

やまたづの向かひの岡に小牡鹿（さをしか）立てり神無月（かみなづき）時雨の雨にぬれつつ立（た）てり
今日（けふ）もがも向ひの岡に小牡鹿（さをしか）のしぐれの雨に濡れつつ立たむ

二首の歌の中の「小牡鹿」は、譽春の意味である。（六章の中の、「さすたけの君」の意味、

参照）

七章　幼少期の良寛

譽春を待つ良寛

順徳院に、次の歌がある。(『順徳院御百首』)

月見よと軒ばの萩の音せずはさてもねぬべき秋の寝覚を

歌の中の「ねぬ」は、順徳院が佐渡で詠まれた歌の中の言葉から、佐渡を表す言葉である。「ねぬ」の中の「寝」も、同じである。

良寛に、「寝」の入った、次の二首の歌がある。二首の歌の中に、「春」がある。「春」は、桂譽春の名前の中にあり、譽春を意味する言葉である。

今よりは幾つ寝ぬれば春は来む月日読みつつ待たぬ日はなし

幼少期佐渡で、良寛は、譽春が訪ねてくることを、月日をかぞえながら、待ちこがれていたことを、歌は表している。

良寛の、「寝」の入ったもう一つの歌は、「あすは元日と云夜」という、詞書のある歌である。

何となく心さやぎて寝ねられず明日は春の初めと思へば

良寛が幼少期、新年を迎えると、程なく、譽春が訪ねてくるので、新年が待ち遠しいという、良寛のうれしさを表した歌である。

詞書の中にある、「元日」の中の「元」は、譽春の号「元説」の中にある。
また、この歌は、良寛が譽春に見倣した、阿部定珍に贈っており、歌の内容と合っている。
良寛に、「春」の言葉の入った、「春の歌とて」の詞書のある、歌がある。

いづくより春は来ぬらむ柴の戸にいざ立ち出でてあくるまで見む

歌の中の、「柴」「あくる」の言葉は、順徳院の、二首の歌の中にある。（『順徳院御百首』）

かぎりあればふじのみ雪のさゆる日もさゆる氷室の山の下柴
あか月のやこゑの鳥もいたづらになかぬばかりにあくるしののめ

順徳院が、佐渡で詠まれた歌の中の言葉から、「柴」「あくる」は、佐渡を表す言葉である。

幼少期、良寛は柴の戸に立って、譽春がどちらの方から来るのかと、長い間眺めていたという意味である。

「手毬」の意味

良寛に、「手毬」の入った、次の歌がある。

この里に手毬つきつつ子供らと遊ぶ春日は暮れずともよし

歌の中の、「里」「暮れずとも」は、順徳院の、次の歌の中にある。（『順徳院御百首』）

暮れずとも麓のさとに宿からんよるやはゆかん山の陰道

順徳院が、佐渡で詠まれた歌の中の言葉から、これらは佐渡を表す言葉である。

このことから「手毬」は、佐渡に関係があることを表している。良寛が手毬をした秘密は、佐渡にあることを示している。

良寛に、「手毬」の入った歌は、先の歌の他に、次の二首の歌がある。

子供らと手毬つきつつ霞立つ永き春日を暮らしつるかも

霞立つ永き春日を子供らと手毬つきつつこの日暮らしつ

二首の歌の中にある、「霞立つ」は、「か」「すみ」「立つ」と、言葉は離れるが、続けると、同じになる言葉が、順徳院の歌の中にある。（『順徳院御百首』）

あしの葉にかくれてすまぬすみがまも冬あらはれて煙立つなり

順徳院が、佐渡で詠まれた歌の中の言葉から、「霞立つ」は、佐渡を表す言葉である。この言葉と一緒にある「手毬」は、佐渡のことを表し、また、良寛が手毬をした理由が、佐渡にあることが分かる。

「手毬」の入った、これら、良寛の三首の歌の中に、「春日」の言葉がある。この「春日」の言葉は、桂譽春の歌に対応する、良寛の歌の中にある。

譽春に、「立春日」の題の歌がある。（「新津秋葉宮奉納和歌」）

さしのぼる嶺に朝日のかがやきてのどかに霞む春は来にけり

歌の中の、「春」と「日」を入れ、譽春の歌の内容と同じにした、良寛の歌がある。（『良寛の百人一首』）

峯の雲谷間の霞立さりて春日に向ふ心地こそすれ

譽春の歌に対応した、良寛の歌の中にある、「春日」は、譽春を意味する言葉である。

また、歌の中の、「向（むか）」は、譽春を意味する言葉である。このことから、「手毬」の言葉の入った、良寛の三首の歌は、譽春に関係があることが分かる。

良寛の幼少期、佐渡にいた良寛を訪ねてきた譽春が、良寛の相手をして、毬つきをしたことを表している。

良寛が年をとってから、幼少期、譽春と毬つきをしたことを懐かしく思い、往時を回想しながら、子供達と、毬つきをしたのである。

「鉢の子」の意味

良寛に、「鉢の子」の入った、次の二首の歌がある。

道の辺に菫摘みつつ鉢の子をわが忘るれど取る人はなし

鉢の子を我が忘るれども取る人はなし取る人はなし鉢の子あはれ

歌の中の言葉は、順徳院の歌の中に、離れているが、続けると同じ意味になる言葉がある。

（『順徳院御百首』）

「忘る」

かづらきの神や心にわたすらんあけてとだゆる夢のうき橋

「なし」「忘る」

いつで舟おひ風はやくなりぬらしみほの浦わによする白浪

「なし」「あはれ」「とる」
なれにけるあしやの海士もあはれなりひとよだにもぬるる袂を
「あはれ」「人」
きくたびにあはれとばかりいひすてて幾世の人の夢をみつらむ
「とる」「人」
つま木こるとほ山人は帰るなりさとまでおくれ秋の三日月
「なし」「とる」「道」
なほふかきおくとはきけどあふことのしのぶにかぎる恋の道かな

順徳院が、佐渡で詠まれた歌の中の言葉から、これらの言葉は、佐渡を表す言葉である。良寛の歌の中の「鉢の子」は、佐渡を表し、また、「鉢の子」は、佐渡に関係があることを表している。

「鉢の子」の中の「子」を、「し」と読むと、「子」は、桂譽春の意味である。（六章の中の、「師」の意味、参照）このことから「鉢の子」は、譽春の意味である。

元の心

良寛に、次の歌がある。

雉子(きぎす)鳴く焼野(やけの)の小野の古をみち元(もと)の心を知る人ぞなき

歌の中の、「小野」は、順徳院の歌の中にある。(『順徳院御百首』)

霧はればあすも来てみん鶉なくいはたのをのの紅葉しぬらん

順徳院が佐渡で詠まれた歌の中の言葉から、「小野」は、佐渡を表す言葉である。

歌の中の「雉子」と、「焼野」の入った、「焼け野の雉子」は、火に囲まれた中で、雉子は子を守ることから、親の愛情の深いことを表した言葉である。

歌の中の「元の心」の中の「元」は、桂譽春の号、「元説」の中にあり、譽春を表す言葉である。「元の心」は、譽春の心の意味である。

良寛が幼少のころ、譽春が佐渡で、良寛の相手をして、一緒に遊んだ。雉(きじ)の声を聞くと、そのころのことが思い出される。今では、やさしい心を持っていた、譽春のことを、知っている人はいないという意味である。

歌の中の、「雉子(きぎす)」は、譽春の意味である。この言葉の中に入った、良寛の次の歌がある。

　あしびきの青山越えてわが来れば雉子鳴くなりその山元に

歌の中の「青山」は、世阿弥著『金島書』の中の「北山の項」に、「満目青山」があり、この中にあることから、「青山」は、佐渡を表す言葉である。

雉(きじ)の声を聞くと、幼いころ佐渡で、良寛が帰るのを待っていた、譽春のことが思い出されるという意味である。山元は、山本と書くと、佐渡相川の、良寛の母の実家とも考えられる。

良寛に、村上藩の若い役人、三宅相馬に、餞別として与えた歌がある。

　うちわたす県(あがた)つかさにものもふすもとの心を忘らすなゆめ

歌の中の「もとの心」は、先の、良寛の歌の中にあり、同じ意味である。

地方の役人に申し上げますが、譽春の、人を慈(いつく)しむ心を、忘れないでくださいという意味である。

三宅相馬の中の「三」は、三代譽春の中にある。良寛は、三宅を、譽春に見做していたのである。

古寺

良寛に、「古寺」の入った歌が三首ある。（谷川敏朗著『校注良寛全歌集』）
このうちの二首に、『順徳院御百首』の、二首の歌の中の言葉がある。また一首に、世阿弥著『金島書』の中にある、言葉がある。

良寛の歌。

つの国の高野の奥の古寺に杉のしづくを聞きあかしつつ

歌の中の「つの国の」は、順徳院の、次の歌の中にある。

秋かぜに又こそとはの津の国のいく田の杜の春の明ぼの

良寛の歌。

つれづれと眺め暮らしぬ古寺の軒端を伝ふ雨を聞きつつ

歌の中の、「眺め」「つつ」は、順徳院の、次の歌の中にある。

ながめやるさとだに人の跡たえし野中の松に雪はふりつつ

良寛の歌。

古寺にひとりしおれば術をなみ樒摘(しきみつ)みつつ今日も暮らしぬ

歌の中の、「樒摘(しきみつ)」は、世阿弥の、『金島書』の中の、「泉」の項の中にある。

「樒摘(しきみつ)む、山路の露に濡れにけり」

佐渡に関係のある歌集と、本の中にある言葉を、良寛の歌の中に入れており、このことから、良寛の歌の中の「古寺」は、佐渡を表す言葉である。

なお、先の、「つれづれと」で始まる良寛の歌の中に、「雨」がある。

良寛の長歌「月の兎」の中に、「天の命(あめみこと)」が出てくるが、これは桂譽春の意味である。「天の命」の中の、「天(あめ)」も、譽春の意味である。このため、同じ読み方の「雨」も、譽春の意味である。（六章の中の、「師」の意味、参照）「つれづれと」で始まる良寛の歌は、幼少期佐渡で、譽春を思いながら過ごしたことを、回想した歌である。

また、「つの国の」で始まる良寛の歌の題は、「高野のみ寺に宿りて」である。

題の中の、「高野」の注釈に、「和歌山県高野町、大阪府東能勢村、兵庫県多加野村など諸説ある。歌の初句の誤りで、和歌山県の寺であろう」（谷川敏朗著『校注良寛全歌集』）と記されている。

歌の中の「古寺」は、佐渡の意味から、昔、佐渡の寺で、雨の滴の音を聞きながら、夜を明かしたことがあったことを、今、泊っている高野で、往時を回想して詠んだ歌ではなかろうか。「つの国の」の歌は、「古寺」が、佐渡の意味であることを表して使っており、「つの国の高野」が、どこの場所か、確定するのは難しいのである。

柘榴

桂譽春の妻は、林珍右衛門の女みよである。みよは、「三代」と書ける。「三代（みよ）」は、三代譽春に合った表記である。このため良寛は、林珍右衛門を譽春に見做し、珍右衛門の中の「珍」を、譽春を意味する言葉にしている。また、姓の「林」を、譽春を意味する言葉にしている。

山本由之が、文政九年（一八二六）十月初め、良寛に、柘榴に歌を添えて贈った時の、良寛の返歌は、次の歌である。

もたらしの園生（そのふ）の木の実珍（めづら）しみ三世（みよ）の仏（ほとけ）にはつ奉る

歌の中に、「珍（めづら）」があり、「木の実」は、譽春の意味である。
また、歌の中の「三世」は、「三代」と書けるので、「三世の仏」は、譽春の意味である。
良寛に、次の歌がある。

皇の千代万代の御代なれば華の都に言の葉もなし

歌の中の「御代」が、譽春の意味から、歌の中の「華」は、譽春の意味である。また、歌の中の、「万代」も、譽春の意味である。

「華」は、「か」と読むと、譽春の意味である、「変は」の中に、「か」がある。このため、「変」は、譽春の意味である。

良寛に、次の歌がある。

世の中は七たび変へんぬば玉の墨絵に描ける小野の白鷺

歌の中に「変」があり、歌の中の「七」は、譽春を意味する言葉である。

良寛に、次の歌がある。

紅の七の宝をもろ手もておし戴きぬ人のたまもの

歌の中に「七」があり、歌の中の「宝」は、柘榴であり、譽春の意味である。

良寛が幼少期、譽春から柘榴をもらったことがあり、柘榴は、懐かしい思い出の品だったのである。

田中圭一氏の著書に、「桂家には明治、大正の頃までざくろの老木があった」（『良寛の実像』）と記されている。良寛の幼少期、良寛は、桂家の柘榴を、食べたことがあったのである。

なお、良寛に、「毬子」の題の詩がある。（谷川敏朗著『校注良寛全詩集』）詩は、「袖裏の繍毬　直千金」で始まっている。この中に、「一二三四　五六七」があり、この中の「七」が、譽春の意味から、「手まり」である、「毬子」は、譽春の意味である。

なお、「林」の入った、良寛の次の歌がある。

むらぎもの心はなぎぬ永き日にこれのみ園の林を見れば

歌の中の「心」の意味は、七章の中の、元の心、の中に記している。このことからも、「林」は、譽春を意味する言葉である。

「渠（かれ）」の入った詩

良寛に、次の歌がある。

白髪（しらかみ）は黄泉（よみ）の命（みこと）の使ひかもおほにな思（も）ひそその白髪を

歌の中の「命（みこと）」は、桂譽春の意味から（十章の中の、「天の帝」と「天の命」、参照）、歌の中の、「黄泉の命（よみのみこと）」は、譽春の意味である。

歌は、白い髪は、あの世にいる譽春の使いであろうから、大事に思いなさいという意味である。

「黄泉の命（よみのみこと）」の中の、「黄泉（よみ）」も、譽春の意味である。

良寛に、「無常（むじょう）　信（まこと）に迅速（じんそく）」で始まる詩がある。（谷川敏朗著『校注良寛全詩集』）

「渠哭（かれな）けども　渠（かれ）知らず　冥々（めいめい）たる　黄泉（こうせん）の路（みち）　茫々（ぼうぼう）として　且（か）つ独（ひと）り之（ゆ）く」と記されている。

詩の中の「黄泉」が、譽春の意味から、詩の中の「渠（かれ）」は、譽春の意味である。

詩は、安永三年（一七七四）十一月十七日、七十三歳で亡くなった、譽春の臨終の状況を表している。

良寛に、「青陽　二月の初め」で始まる詩がある。（谷川敏朗著『校注良寛全詩集』）

詩の中に、「我打てば　渠且つ歌い　我歌えば　渠之を打つ」と記されている。

詩の中に、譽春を意味する「渠」があるから、良寛と譽春が、毬つきをしたことを表した内容である。

また、詩の中に、「元来　只這れ是れと」と、記されている。

この中の、「元来」の中の「元」は、「元説」といった、譽春の号の中の字で、譽春を表すために使われている。

毬つきをする理由は何か、人が尋ねるが、良寛と譽春の毬つきが真意であり、分かってもらえないと思うので、答えないという内容である。

詩の中にある、「二月」「初」は、次の一文の中にある。

「二月の、初中なれや」（世阿弥著『金島書』「薪の神事」）

『金島書』の中の言葉から、毬つきをした場所が、佐渡であることが分かる。

良寛の幼少期、佐渡で、譽春と毬をついて遊んだことが、歳月がたち、懐かしく、子供たちと、手毬をついたのが、真意なのである。

幼少期空白の良寛

良寛の幼少期について、武田鏡村氏は、次のように記されている。（『良寛悟りの道』）

「良寛の幼少期を伝える伝承は、これくらいで、あとは何も残っていない。細長い出雲崎の町並と小路を友だちと遊び回わる幼い良寛の姿は、そこにはない。祭りに浮かれる姿も、船の出入りに興奮して駆け回わる姿もない。」

晩年、良寛が子供たちと無邪気に遊ぶようになるのは、幼児体験で遊びをすることがなかったことが、原因ではないかと、鋭い指摘をされている。

良寛の幼少期、実際に毬つきをした相手は、子供たちではなく、桂譽春だったのである。

また、同著で、良寛が、大森子陽（しよう）の狭川（きょうせん）塾に学んだのは、明和七年（一七七〇）の秋以降のことであろうか、と記されている。

良寛の幼少期、佐渡から出雲崎へ移った年代は不明であるが、明和七年、十七歳であった良寛が、出雲崎に住んでいたことは確かである。

八章　遁世から出家へ

「衝天」の意味

良寛が安永四年（一七七五）七月十八日出奔し、向かった土地が佐渡ではないかと、気がついたのは、良寛の歌や、詩からであった。そのことを、確信できたのは、寛延一揆の義民久左衛門（河原与三兵衛）の法名を、知ったからであった。久左衛門の法名は、「衝天院一曹了滴居士」である。（磯部欣三著『良寛の母おのぶ』）

この中の「衝天」が良寛の「傭賃」と題する詩の中にある。（谷川敏朗著『校注良寛全詩集』）

「家は荒村に在りて　四壁空し　展転傭賃して　且く時を過ごす　憶い得たり　疇昔行脚の日

衝天の志気　敢て自ら持せしを」

良寛が円通寺の修行を終え、越後に戻り、傭われ働いていた時、過去である、安永四年七月十八日、出奔した当時を憶い、表した詩である。

「行脚」は、当時、放浪していたことを表している。

久左衛門は、寛延一揆で国払いの刑を受け、宝暦二年（一七五二）七月十八日、相川橋屋の手引きで、佐渡から、越後出雲崎橋屋へ預けられた人である。

久左衛門が、佐渡から出雲崎へ出発した七月十八日は、良寛が出奔した日と同じ日である。良寛は、宝暦五年二月十九日、出雲崎で病死した久左衛門が、佐渡から出雲崎へ行った日が、七月十八日と知っていたのである。

良寛は、「衝天」の言葉によって、久左衛門が向かった出雲崎と、反対の土地である佐渡へ、七月十八日、向かったことを表している。

涅槃の像

良寛に、次の歌がある。

天竺の涅槃の像と良寛と枕くらべに相寝たるかも

歌の中の、「涅槃の像」は、釈迦が息を引きとる時の姿を表した彫像、または画像である。歌の内容は、古代のインドで、釈迦が息を引きとる時、多くの人や動物が集まって悲しんだ。その釈迦の寝姿と、わたしである良寛が、枕を並べて寝たことよ。と訳されている。（谷川敏朗著『校注良寛全歌集』）

この中の「枕」「寝」の言葉が、順徳院の歌の中にある。（『順徳院御百首』）

とまやがたまくらながれぬうきねにも夢やはみゆるあらき浜かぜ

順徳院が、佐渡で詠まれた歌の中の言葉から、「まくら」「寝」は、佐渡を表す言葉である。

このことから良寛の歌は、佐渡で「涅槃の像」を見た、良寛の体験を表している。

佐渡の相川に、涅槃図があることを、竹林史博（しはく）氏（山口市龍昌寺ご住職）の一文で、知ることができた。（「佐渡国相川の「お寺めぐり『涅槃図展』」『大法輪』平成二十四年三月）

一文の中に、相川にある、また、その近くにある、十一の寺の名が記されている。

その一つに、大乗寺がある。案内板には、「良寛の母（おのぶ）が生まれた実家である相川の問屋商人、橘屋庄兵衛一族の菩提所」と記されている。

良寛が、涅槃図を見た寺は、大乗寺である可能性が高い。

また、見た時期は、安永四年七月十八日以降の、佐渡での遁世中と考えられる。

遁世を表す歌

順徳院に、次の歌がある。（山本修之助著『佐渡の順徳院と日蓮』）

波の音聞くが辛さに山籠り苦は色をかへ松風の音

歌の中の「波の音」「聞」「山」「色」「松風の音」の言葉が入った、「遁世之際」と題した、良寛の歌がある。（谷川敏朗著『校注良寛全歌集』）

波の音きかじと山へ入りぬれば又色かいて松風の音

歌の説明には、「相馬御風旧蔵「良寛臨終に関する重要文献」とした文書中にあるという」と、記されている。

良寛の歌の中の言葉から、良寛が、順徳院の歌を知っていたことは確かである。

「遁世」は、「一、世をのがれてかくれすむ。二、出家して仏門にはいる」の意味がある。

（『新版漢語林』第2版）

良寛は佐渡で生まれ、幼少期佐渡で過ごした。この時のことを表したとすると、「遁世」の言葉は適していない。

安永四年（一七七五）七月十八日、満二十一歳九ヶ月であった良寛が、故郷佐渡へ向かい、暫く滞在したとすると、遁世に合うのである。

出家の理由

良寛に、出家を意味する「家を出でし」の言葉の入った、次の歌がある。（谷川敏朗著『校注良寛全歌集』）

何ゆへに我身は家を出でしぞと心に染よ墨染の袖

歌の中の「染よ」の中に、「染」がある。

良寛に、「家を出でし」の言葉の入った、もう一首の歌がある。（吉野秀雄校註『良寛歌集』）

何故に家を出でしと折りふしは心に愧ぢよ墨染の袖

先の歌では「染」となっている箇所が、「愧」になっている。

「染」と「愧」の意味が分かると、良寛の出家の理由が分かる。

「染」の意味は、次のことで分かる。

良寛に、阿部定珍に贈った長歌に、次の一節がある。（谷川敏朗著『校注良寛全歌集』）
「いかに我がせむ　散りもせず　色も変はらぬ　紅葉ばの　ありてふことは　ちはやぶる」
この中の「変は」は、桂譽春を表す言葉から、「紅葉」は、譽春を表す言葉である。
この長歌の反歌は、次の二首である。

我が国の片方の紅葉誰待つと色さへ染まず霜は置けども
露霜にやしほ染めたる紅葉ばを折りてけるかも君待ちがてに

歌の中の「紅葉」は、譽春の意味から、二首の歌の中にある、「染ま」「染め」の中の「染」は、譽春を意味する言葉である。

「愧」の意味は、次のことで分かる。

良寛に、「天花上人の除夜の韻に和す」の題の詩がある。この詩の中の一節に、「愧ずらくは、扶揺九万の翼を欠き」と記されている。

「天花上人」については、「良寛の妹みかの嫁した智現の養父、出雲崎浄玄寺住職。天華上人とも記す」と記されている。（谷川敏朗著『校注良寛全詩集』）

天花（華）上人の中の、「華」は、良寛の、次の歌の中にある。

皇の千代万代の御代なれば華の都に言の葉もなし

歌の中の、「御代」は、「三代」と書け、桂家三代桂譽春を表す言葉である。「御代」と一緒にある「華」は、譽春を意味する言葉である。

天花（華）上人の中に、「華」の字があり、良寛は、上人を、譽春に見做していたのである。「愧」の字が、「天花上人」に関する詩の中にあることから、「愧」は、譽春を意味する言葉である。

「染」と「愧」が、譽春を意味する言葉から、この言葉と、「家を出でし」の言葉の入った、良寛の二首の歌は、良寛の出家の理由が、譽春にあることを示している。

神仏崇敬者の影響

桂譽春について、次のように記されている。(『中蒲原郡誌』下編〈新津町〉大正七年)

「譽春常に神仏を崇敬し暇あれば則子弟を会して徐に仏果を説き神蹟を談じ推して以て忠孝節義を鼓吹するを楽みとす、嘗て秋葉山を闢きて大己貴命の神祠を経営し、又桂原山龍雲寺を下興野新田(北蒲原郡佐々木村に属す)に建立せしが、伝ふる所に拠れば現今の葛塚市街も亦実に譽春の規画経営に係れりと云ふ」

この中に、「神仏を崇敬し」「仏果を説き神蹟を談じ」とあり、神仏の信仰の篤い人であったことが分かる。

譽春は、安永三年(一七七四)十一月十七日に、七十三歳で亡くなったが、僧の姿の二つの木像が残されている。(「龍雲寺」「秋葉神社」所蔵)

僧の姿の木像によっても、仏教に親しんでいたことが分かる。

良寛は、譽春を尊敬しており、譽春の影響から、僧になることを目標にしていたと考えられる。

譽春の亡くなった翌年、安永四年七月十八日出奔し、向かった佐渡で遁世したのである。暫く滞在の後、越後へ戻ったのである。

僧になる決心が固まり、安永八年（一七七九）、二十六歳の良寛は、大忍国仙によって得度した。

良寛の父桂譽章は、円通閣という観音堂を建てた。大忍国仙は円通寺十世であった。「円通閣」と「円通寺」、「円通」が共通から、譽章は、大忍国仙と面識があり、良寛の得度は、譽章のお世話によるものと考えられる。

良寛の歌の中の言葉から、良寛の出家の理由を考察したが、既に、武田鏡村氏が、桂家三代、四代のころ、神仏への深い信仰があり、良寛へ影響を与えたことを、『良寛悟りの道』に記され、的確に指摘されている。

九章　佐渡を表す歌

真弓関（まゆみのせき）

日野資朝（すけとも）は、正中の変で、佐渡に配流された。在島八年目の、元弘二年（一三三二）、鎌倉幕府北条高時の命で処刑された。

佐渡に配流された世阿弥は、資朝の実話をもとに、佐渡で謡曲「檀風（だんぷう）」を書いた。資朝は、雑太城（さわだじょう）の近くで斬られたが、雑太城は、檀風城（だんぷうじょう）とも呼ばれている。資朝の墓は、妙宣寺にあり、資朝の辞世の歌碑がある。

秋たけし檀（まゆみ）の梢吹く風に雑太（さわだ）の里は紅葉しにけり

歌の中の「檀（まゆみ）」は、「真弓」と書ける。

桂家の庭三十景の一つに、「真弓」の入った、「真弓関（まゆみのせき）」がある。この題で詠んだ、解良栄重（よししげ）の歌がある。（「桂園三十景歌」）

過かてに人もこそ見れかくばかり関のま弓の紅葉しぬれば

栄重は、資朝の辞世の歌の中の、「紅葉し」の言葉を歌の中に入れ、桂家が佐渡と関係があることを表している。

なお、解良栄重は、良寛と親交があった、解良家十代解良叔門(しゅくもん)の五男である、栄重は、安政六年（一八五九）五十歳で亡くなった。

栄重の兄雄四郎は、片貝村の佐藤家へ養子に入った。雄四郎次男佐藤統忠(むねただ)（佐平治）は、佐藤本家を継ぎ、二十四代である。

統忠の娘いくは、桂家九代、桂譽輝の妻である。良寛と関係の深い解良家は、佐藤家を通して、桂家とも関係があるのである。（冨澤信明著「解良雄四郎と天保の飢饉」『良寛』第四十七号）

月影池

山本由之に、「月影池」の題の歌がある。（「桂園三十景歌」）

西の夜のいづこはあれど月かげのいけのもなかぞさやけかりける

歌の中の「月」「かげ」「さやけ」は、順徳院の、歌の中にある。（『順徳院御百首』）

吹はらふ雪けの雲のたえたえをまちける月の影のさやけさ

また、歌の中の「もなか」は、佐渡に配流された、京極為兼の歌の中にある。（『入道大納言為兼集』）

くもらじと空にあふぎてみる月も秋も最中（もなか）のなには澄みけり

このことから、由之の歌の中にある。「西」は、佐渡の意味である。

また、由之の先の歌は、飯塚久利が写し、その歌を、小泉蒼軒が記録している。

そこには、作者は、由之の名ではなく、「浪花人残夢」と記されている。（蒼軒文庫「辛丑随筆」『新津市史』資料編第三巻）

為兼の歌の中に、「なには」があり、「浪花人」の中に、その言葉がある。

由之は、為兼の歌の中の、「最中」を入れ、「月影池」の題の歌によって、桂家が、佐渡と関係があることを表している。

稲荷杜

桂誉正に、「稲荷杜（いなりのもり）」の題の歌がある。（「桂園三十景歌」）

みとしろの稲荷のもりのみ七五三（しめ）なはかけてぞいのる君が八千代を

歌の中の「しめなは」の言葉が、順徳院の歌の中にある。（『順徳院御百首』）

さみだれはまやの軒ばも朽ちぬべしさこそうき田の杜のしめ縄

順徳院が佐渡で詠まれた歌の中の言葉から、「しめ縄」は、佐渡を表す言葉である。誉正の歌の中の、「みと」は、「三十」と書ける。「み七五三（しめ）」の中に、「三」がある。続けた「三」「十」「三」は、良寛の生年月日、宝暦三年十月三日を表す言葉である。また、歌の中の「み七五三（しめ）なは」の中の「なは」は、「七八」であり、亡くなった歳を表している。誉正の歌は、良寛の出生地佐渡と、生年月日と、享年を表している。

真野

桂譽正に、「夏月（なつのよのつき）」の題の歌がある。（『今古和歌初学』）

さゝ波やまのゝ入江のあしの葉に月すむ夜はの風ぞ涼しき

歌の題「夏の夜の月」は、順徳院の歌の中に、その言葉がある。（『順徳院御百首』）

蚊遣火のけぶりは人のしわざにておのれくもらぬ夏の夜の月

歌の中の言葉、「あしの葉」、「涼しき」は、順徳院の、次の二首の歌の中にある。（『順徳院御百首』）

あしの葉にかくれてすまぬすみがまも冬あらはれて煙立つなり

嶺の松いり日涼しき山陰のすそ野の小田はさなへ採るなり

順徳院の歌の中の言葉は、佐渡を表す言葉である。その言葉によって、譽正の歌は、佐渡の真野を表している。

「鳴子」の意味

桂譽重に、「別れ」の題の長歌がある。（『越佐の墨芳』『良寛の出家と木下俊昌』）
長歌の一節に、「さすたけの君は家路に　かへらすとおもほしめして　鳴子なすしたへる我を　露霜のおきてゆがせば」と記されており、この中に「鳴子」がある。
「鳴子」は、次のような意味がある。
順徳院に、次の歌がある。（『順徳院御百首』）

人ならぬ岩木もさらにかなしきはみつの小島の秋の夕暮

順徳院が、佐渡で詠まれた歌から、歌の中の、「みつの小島」は、佐渡を表す言葉である。

この言葉は、次の歌にある。（『古今和歌集』巻第二十　陸奥歌）

をぐろ崎みづの小島の人ならば宮このつとにいざといはましを

この中の、「をぐろ崎みづの小島」について、「小黒崎美豆の小島は大崎市鳴子温泉町旧名生定村の荒雄川の北岸。またその川の中の小島を美豆の小島という。」と記されている。（山本健吉著『奥の細道　現代語訳・鑑賞』）

この言葉が出てくる、松尾芭蕉の『奥の細道』の原文は、山本健吉氏の著書の中では、次のようである。

「小黒崎・みづの小嶋を過て、なるごの湯より尿前の関にかゝりて、出羽の國に越んとす」

この中に、「なるご」がある。

譽重は、「みづの小島」を、「鳴子」の言葉で表し、「鳴子」を、佐渡の意味にしている。

譽重の長歌は、幼少期、佐渡にいた良寛の元に、桂譽春が訪れ、滞在後、譽春が越後へ戻る際の、良寛の寂しい気持ちを表している。

なお、「みづ」は、「みず」とも、記されている。

十章　長歌「月の兎」の意味

長歌「月の兎」

良寛の長歌「月の兎」は、文政三年ころ、文政四年ころ、文政十二年ころ作歌されたとする、四首ある。（谷川敏朗著『校注良寛全歌集』）

その中の、文政三年（一八二〇）春の作であろうとする一首は、次のとおりである。

石の上　古にしみ世に　有と云ふ　猿と兎と　狐　とが　友を結びて　朝には　野山に游夕には　林に帰　かくしつつ　年の経ぬれば　久方の　天の帝の聴まして　其が実を　知むとて　翁となりて　そが許に　よろぼひ行て　申すらく　汝等たぐひを　異にして　同じ心に遊ぶてふ　信と聞しが　如あらば　翁が飢を救えとて　杖を投て　息ひしに　やすきことゝてややありて　猿はうしろの林より　菓を拾ひて　来りたり　狐は前の　河原より　魚をくわひて与へたり　兎はあたりに　飛び飛ど　何ものせでありければ　兎は心異なりと　詈りければ　はかなしや　兎計りて　申すらく　猿は柴を　刈りて来よ　狐は之を　焼て給べ　言ふが如に　為ければ　烟の中に身を投げて　知らぬ翁に　与けり　翁は是を　見よりも　心もしぬに　久方の　天を仰ぎて　うち泣て土に僵りて　ややありて　胸打叩申すらく　汝等みたり

の　友だちは　いづれ劣ると　なけれども　兎は殊(こと)に　やさしとて　骸(から)を抱(かかへ)て　久方の　月の
宮にぞ　葬(ほふり)ける　今の世までも　語継(かたりつぎ)　月の兎と　言(い)ふことは　是(これ)が由にて　ありけると　聞(きく)
吾(われ)さへも　白栲(しろたへ)の衣の袂(そで)は　とほりてぬれぬ

「三人(みたり)」の意味

良寛の、「月の兎」の題の長歌は四首ある。（谷川敏朗著『校注良寛全歌集』）
この中で、「汝等(なむだち)みたり」の表現が一首、「汝三人(いましみたり)」の表現が三首ある。
この中の「三人(みたり)」の言葉の入った、良寛の歌が一首ある。

津の国の難波のことはいさ知らず木(こ)の下宿に三人(みたり)臥しけり

歌の中の「津の国の」「難波」は、順徳院の二首の歌の中にある。（『順徳院御百首』）

秋かぜに又こそとはめ津の国のいく田の杜の春の明ぼの
難波がた月の出しほの夕なぎに春のかすみのかぎりをぞみる

順徳院が佐渡で詠まれた歌の中の言葉から、「津の国の」「難波」は、佐渡を表す言葉である。
良寛の長歌では、「三人(みたり)」は、「兎(をさぎ)」と、「狐(きつね)」と、「猿(まし)」になっている。

「三人（みたり）」に当たる人は誰かと考えると、良寛の研究書から、「三人（みたり）」の意味が分かる。

良寛の母のぶが、何年の生まれかは、次のことで分かる。

「おのぶの出生は、この年の三月か四月か、とにかく早春のころ生まれたと判断してもいいでしょう。享保二十年は、「乙卯」の年で、彼女がウサギ年の生まれであることも記憶しておきましょう」（磯部欣三著『良寛の母おのぶ』）

のぶは、「ウサギ年」なのである。長歌の中の「兎（をさぎ）」は、のぶのことである。

のぶの先夫である桂譽章は、享保十九年（一七三四）寅年の生まれである。

のぶが再婚した山本以南は、元文元年（一七三六）辰年の生まれである。

両人とも、生年は、「猿」と「狐」に当てはまらない。

良寛の詩に、「猿」を意味する、「獼猴（びこう）」の入った詩がある。詩は、「我（われ）　世間（せけん）の人を見るに」で始まっている。その中に、「月華（げっか）　中流に浮かぶに　獼猴（びこう）　之（これ）を探（さぐ）らんと欲（ほっ）し　相率（あいひき）いて水中に投（とう）ずるが如（ごと）し」と記されている。

この詩について、良寛の父以南が、寛政七年（一七九五）七月二十五日、桂川へ投身自殺したが、四十九日の法要を、九月十四日に、菩提寺の円明院で行った際、詠んだ詩とされている。
（高橋庄次著『良寛伝記考説』）

この説明より、良寛は以南を、「猿」に当てていることが分かる。

残った「狐」は、良寛の、「伊昔（むかし）　棲遅（せいち）せし処」で始まる詩で分かる。（谷川敏朗著『校注良寛全詩集』）

この中に、「墻は頽る　狐兎の径」と記されている。

「棲遅せし処」は、のんびり暮らしていた所で、良寛が幼少期過ごしていた、佐渡のことを表している。

「狐兎の径」の中の「兎」は、ウサギ年の、のぶのことである。

「狐兎」は、夫婦を表し、「狐」は、譽章のことである。

譽章とのぶが、結婚後、佐渡相川の山本家の近くを、二人で歩いた道が、「狐兎の径」である。

長歌「月の兎」の中に出る「三人」は、「兎」はのぶ、「猿」は以南、「狐」は譽章のことである。

「三人」の入った良寛の歌は、佐渡相川の山本家で、のぶ、譽章、以南が、泊ったことがあったことを表している。

しかし、三人が一緒に泊ったという、意味ではない。

「天の帝」と「天の命」

「月の兎」の題の長歌が四首ある。（谷川敏朗著『校注良寛全歌集』）
四首の中の二首の中に、「天の帝」がある。この中の「帝」は、天皇の意味である。
良寛に、天皇の「皇」の字の入った、歌がある。

皇の千代万代の御代なれば華の都に言の葉もなし

歌の中の「御代」は、「三代」と書くと、三代の意味となり、桂家三代桂譽春のことである。
歌の中の「皇」は、譽春の意味であり、同じ意味の「天の帝」は、譽春の意味である。
「月の兎」の題の長歌の、四首の中の二首の中に、「天の命」がある。この中の「命」を「命」とした良寛の歌がある。

天雲のよそに見しさへ悲しけにおしたらはせし父の命はも

この歌は、阿部定珍の長女ますが、文政二年十月、二十歳で亡くなった時の、哀悼の歌である。

譽春の妻は、林珍右衛門の女みよである、みよは「三代」と書くと、三代譽春の意味になる。珍右衛門の中の「珍」が、阿部定珍の中にある。そのため定珍を、良寛は、譽春に見做している。

このことから、定珍を表した歌の中の、「父の命」の中の「命」は、定珍を表した言葉である。定珍を、譽春に見做しているから、「命」の入った、「天の命」は、譽春の意味である。

良寛の長歌「月の兎」四首の中で、「天の帝」が、「翁」となったと記されているのは、二首である。

「久方の　天の帝の　聴まして　其が実を　知むとて　翁となりて　そが許に」

「久方の　天の帝の　聞こし召し　翁になりて　其もとに」

また、「天の命」が、「翁」となったと記されているのは、一首である。

「久方の　天の命の　聞きまして　偽り真　見まさ（む）と　翁となりて　あしびきの」

「天の帝」「天の命」は、譽春の意味から、「天の帝」「天の命」が姿を変えた「翁」は、譽春の意味である。

「天の命」が、「旅人」となったと記されているのは、一首の中に、二ヶ所ある。

「久方の　天の命の　聞こしめし　偽り真　知らさむと　旅人となりて　あしびきの」

「あたら身を　旅人の贄と　なしにけり　旅人はそれを　見るからに　しなひうらぶれ」

「天の命」は、譽春の意味から、「天の命」が姿を変えた「旅人」は、譽春の意味である。

「旅人」の出典

「旅人」の言葉は、桂家に関係ある二つの歌集の中の、三首に出てくる。
一首は、自謙の歌（「新津秋葉宮奉納和歌」）明和七年）の中にある。

旅行鐘
さと遠く聞ゆるかねに旅人のみちいそぐ也うつの山越

あとの二首は、溝口軌景の歌（「秋葉権現奉納三十首和歌」明和七年か、その直後）の中にある。

深夜聞雁
旅人はいかに聞らん深む夜ののぐらをわたる雁の緒色

旅行鐘
旅人は路いそぐらし里遠きさも入相の山寺のかね

良寛は、二つの歌集の中に出てくる「旅人」は、佐渡での桂譽春のことと知っており、こ、から、「旅人」の言葉をとったのである。

なお、良寛の次の詞書の中に、「旅人」がある。（谷川敏朗著『校注良寛全歌集』）

神無月の頃　旅人の蓑一つ着たるが　門に立ちて物乞ひければ　古着ぬぎて取らす　さてその夜　嵐のいと寒く吹きたりければ

たが里に旅寝しつらむぬば玉の夜半の嵐のうたて寒きに

この中の「旅人」について、高橋庄次氏は、次のように記されている。（『良寛伝記考説』）

「この旅人の孤影には、家財を剝ぎ取られ故郷を追放されて石地に身を隠した弟の由之の孤影が重なってくる」

「旅人」は、文化七年（一八一〇）十一月、橋屋の家財没収のうえ、追放処分となっていた、山本由之のことであるとされている。

良寛は、譽春の意味である「さすたけの君」を、由之に当てていることから、同じく、譽春の意味である、「旅人」を、由之に見倣しており、このことから高橋氏の指摘は、正しいのである。

「月の兎」の出典

兎が、月の世界に移されるのは、『ジャータカ』および、『大唐西域記』『今昔物語集』に記されている。（谷川敏朗著『校注良寛全歌集』）

良寛の長歌の出典は、これらの本の、いづれかである。

長歌の中に、「狐は前の河原より魚をくわひて与へたり」の一節がある。この中の、「魚をくわひて」の箇所が、三著のうち『ジャータカ』は見ていないが、他の二著では異っており、出典を知る手がかりとなる。

『大唐西域記』（水谷真成訳）では、「狐は河辺に沿って行き一匹の新鮮な鯉を口にくわえ」となっている。

『今昔物語集』では、「狐は墓屋(つかや)の辺(ほとり)に行きて、人の祭り置きたる粢(しとぎ)・炊交(かしきがて)・鮑(あはび)・鰹(かつを)・種々(くさぐさ)の魚類等の取りて持て来りて」（篠原昭二・浅野健二著『今昔物語集梁塵秘抄閑吟集』）

『大唐西域記』では、「一匹」が、『今昔物語集』では、「種々(くさぐさ)」となっている。

長歌では、「魚をくわひて」となっており、魚がたくさんの表現ではないので、『大唐西域記』の、「一匹」が合っている。このため、長歌の出典は、『大唐西域記』といえるのである。

『大唐西域記』の中に、「西」がある。良寛は、「西」を、佐渡の意味にしている（九章の中の、月影池、参照）。

良寛は、のぶの出身地佐渡を、長歌の内容が行われた場所にしており、この点でも、『大唐西域記』が出典であるということは、合っているのである。

長歌の主旨

良寛の長歌、「月の兎（うさぎ）」の中の、兎がのぶ、天帝が譽春と分かると、長歌は、のぶと譽春の状態を、表していると分かる。

兎は、天帝の命令により、天帝の空腹を救おうとするが、どのようにしたら食料を手に入れることができるか、分からなかった。

兎は炎の中に飛びこんで、親しくもない老人に自分の肉を与えた。

のぶは、譽春の弟誉章と別れたが、譽章と別れるようにいった人は、天帝に当たる、譽春であると考えられる。

のぶは、譽春のいったことに従ったが、夫との間に、既に子供があり、この状態で、夫と離別という、悲しい体験をしたのである。

長歌の中に、「汝等（なむだち）みたりの　友だちは　いづれ劣ると　なけれども　兎は殊（こと）に　やさしとて」と記されている。

この一文から、三人のうちで、のぶが一番気持がやさしいということが分かる。

天帝は、兎のなきがらを抱いて、月の宮殿に葬ったと記されている。

このことは、譽春がのぶに対して行った、厳しい行為に対して、譽春が、責任を感じたことを表している。

良寛は、のぶの体験を脚色し、長歌にしたのである。良寛は、のぶを月に葬り、月の中に、永遠に住まわせ、のぶを顕彰した人を、譽春としているのである。

長歌の中に、「翁は是を　見るよりも　心もしぬに」と記されている。「心」は、翁である、譽春の心である。

良寛の長歌の反歌の一つに、次の歌がある。

ます鏡磨ぎし心は語り継ぎ言ひ継ぎしのべ万代までに

歌の中の「心」は、譽春の意味である。（七章の中の、元の心、参照）

歌の中の「万代」は、譽春の意味である。（七章の中の、柘榴、参照）

兎の犠牲的な行為として、兎が主役として解釈されているが、良寛は、譽春の心を、語りつぎ、いつの代までも、伝えてほしいといっているのである。

長歌の真意は、作者である、良寛のみが知っていることなので、良寛は月を見ると、衣の袖が涙にしみ通って、濡れてしまうのである。

「翁（おきな）」と「命（みこと）」

飯塚久利著『橘物語』（天保十四年）の中に、次のように記されている。

「この歌どもは、桂譽正翁が見もしき、もしたらんまに〳〵かいつどへおかれつるを」

この中の、桂家六代譽正に、「翁」の字がついている。

良寛の長歌、「月の兎」の中の「翁」が、桂家三代桂譽春の意味と、久利は知っていた。そのため、「翁」の字を、子孫の譽正に、つけたのである。

七代桂譽重の長歌の一節に、次のように記されている。（『北越偉人沙門良寛全伝』）

「父のみの父の命は　大八島国に名だたる　こちこちの所々を」

この中の、「父の命」は、六代譽正のことである。譽重は、良寛の長歌、「月の兎」の中の、「天の命」が、譽春のことと知っていた。そのため、「命」の字を、子孫の譽正に、つけたのである。

十一章　大村藩との関係

富取藤子の歌

地蔵堂の富取藤子に、「炭竈（すみがま）」の題の歌がある。（「奉献　北越地名百首和歌」『分水町史』資料編Ⅱ近世）

しら雪はいやしきふれとすみがまのけぶりたへせぬ小木の城山

歌の中の「すみがま」「けぶり」は、順徳院の歌の中にある。（『順徳院御百首』）

あしの葉にかくれてすまぬすみがまも冬あらはれて煙立つなり

順徳院が、佐渡で詠まれた歌の中の言葉から、「すみがま」「煙」は、佐渡を表す言葉である。

藤子の歌の中にある「小木（おぎ）の城山（しろやま）」は、実際、佐渡にある地名である。

藤子は、地蔵堂の、富取益斎の娘であるが、益斎は、地蔵堂の大庄屋富取正誠（まさのり）の叔父にあたる。

また、正誠は、桂誉正の妻、時子の従兄（いとこ）にあたる。（冨澤信明著「山本、山田、長井、関根、富取、桂家の相互の縁について」全国良寛会会報一一〇号）

藤子と時子は親戚関係にあるので、良寛の誕生の地佐渡を、順徳院の歌の中の言葉で表すことを、桂家から聞いていた。

このため、佐渡の「小木の城山」を、『順徳院御百首』の中の、言葉を入れ、表したのである。

大村藩との関係

桂時子の従兄（いとこ）、富取正誠の叔父富取益斎は、京都で医を学び、医を業としていた。天明八年（一七八八）正月、京都の大火に羅災して一時、大村藩士加藤鹿州（益斎の娘、藤子の夫の父）を大村に尋ね、身を寄せていた。

娘婿加藤晋十郎は、藩校の教官を勤めた人である。（松澤佐五重著「権右エ門の詠草」『良寛さまと周邊の人々』平成十三年二月）

桂家でも大村藩に関係があり、三代桂譽春の甥桂元斎は、大村藩の藩医であった。譽春の姉よねは、山谷の松田茂平治に嫁し、よね（梅村愛英大姉）の子が、元斎であった。元斎は、桂家の養子となり、分家した。

元斎について、次の記録がある。

「苗字御遣わしに小戸へ分家に出されけり。是元斎也。後医修行に京都へ行き、是れより肥前大村に参り終いに御抱え医となり、其の子周斎今猶達者也」（桂譽恕著「心の隨」安政四年）

なお、『桂氏家譜録』の中の、「譽章ノ記」の中に、「寛政六申寅年桂元斎小戸ヨリ山谷江移ス」（「万巻楼書籍目録㈠」『新津郷土誌』第十一号昭和五十九年十月）と記され、元斎は、寛政六年（一七九四）には新津に居住し、医に志し、京都に行ったのは、この年より後と分かる。

元斎は、益斎と関係のある、大村藩に行っており、益斎と面識があったことが考えられる。

なお、元斎の子周斎に関し、次の記録がある。

「桂周斎文政年間瀬戸村に来りて医を業とす天保十四年九月其地に歿す周斎三男一女あり」

（深川晨堂著『大村藩の医学』昭和五年）

なお、周斎の亡くなった年と同じ、天保十四年（一八四三）に、富取正誠は亡くなっている。

日本医史学の泰斗、蒲原宏氏は、周斎が、桂家の関係者か、新潟大学名誉教授桂重鴻氏に尋ねられた。重鴻氏はご存じなく、小生に、手紙による問い合わせがあった。（昭和六十一年三月）

小生も知らないことであったが、その後、元斎、周斎に関する文献に出合い、両者について、知識を得ることができたのである。

桂家と各家関係系図

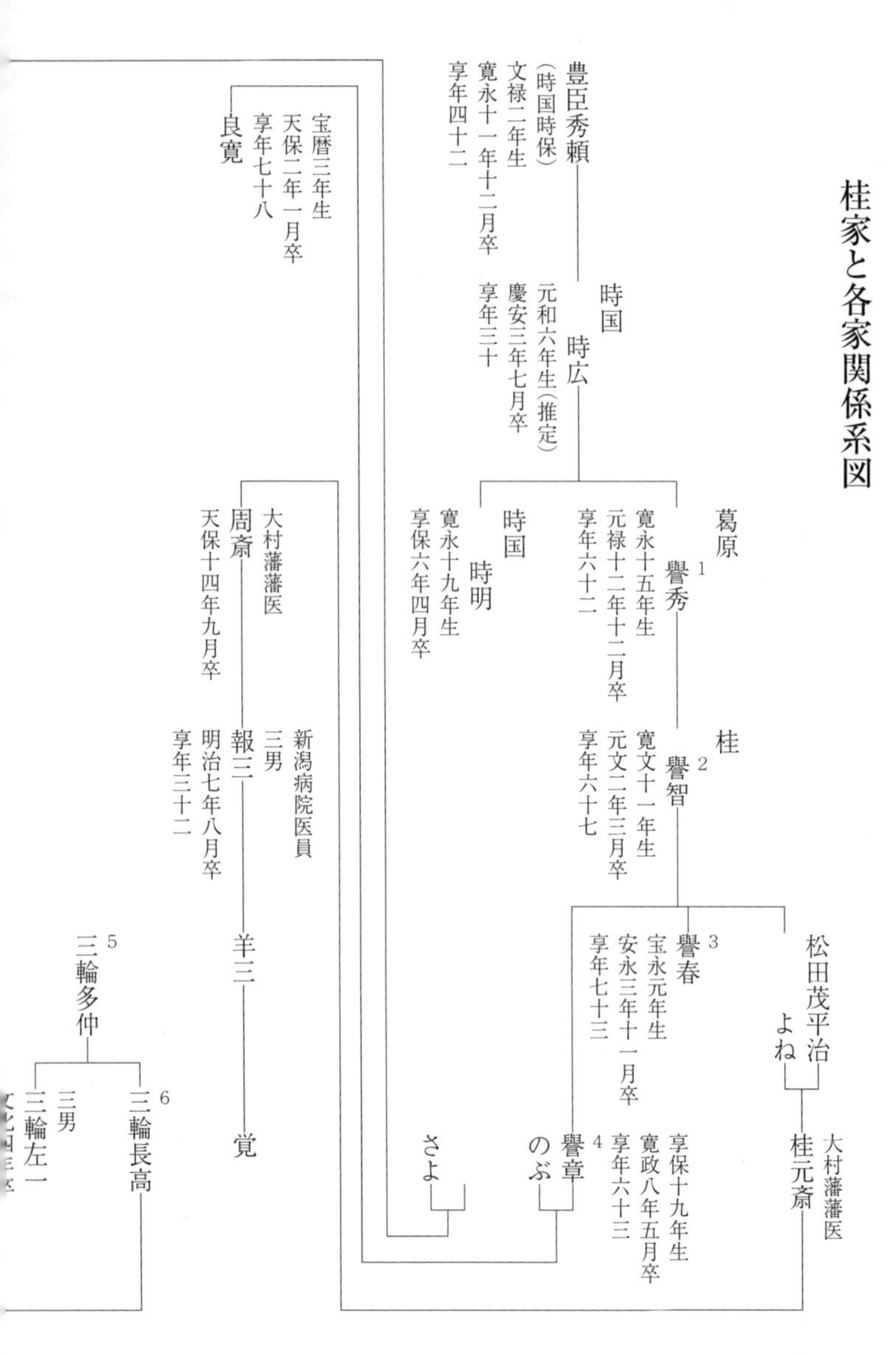
豊臣秀頼
(時国時保)
文禄二年生
寛永十一年十二月卒
享年四十二
時国
時広
元和六年生(推定)
慶安三年七月卒
享年三十
葛原
1 譽秀
寛永十五年生
元禄十二年十二月卒
享年六十二
時国
時明
寛永十九年生
享保六年四月卒
桂
2 譽智
寛文十一年生
元文二年三月卒
享年六十七
松田茂平治
よね
3 譽春
宝永元年生
安永三年十一月卒
享年七十三
桂元斎
大村藩藩医
4 譽章
享保十九年生
寛政八年五月卒
享年六十三
のぶ
さよ
良寛
宝暦三年生
天保二年一月卒
享年七十八
周斎
大村藩藩医
天保十四年九月卒
報三
三男
新潟病院医員
明治七年八月卒
享年三十二
羊三
覚
5 三輪多仲
6 三輪長高
三男
三輪左一

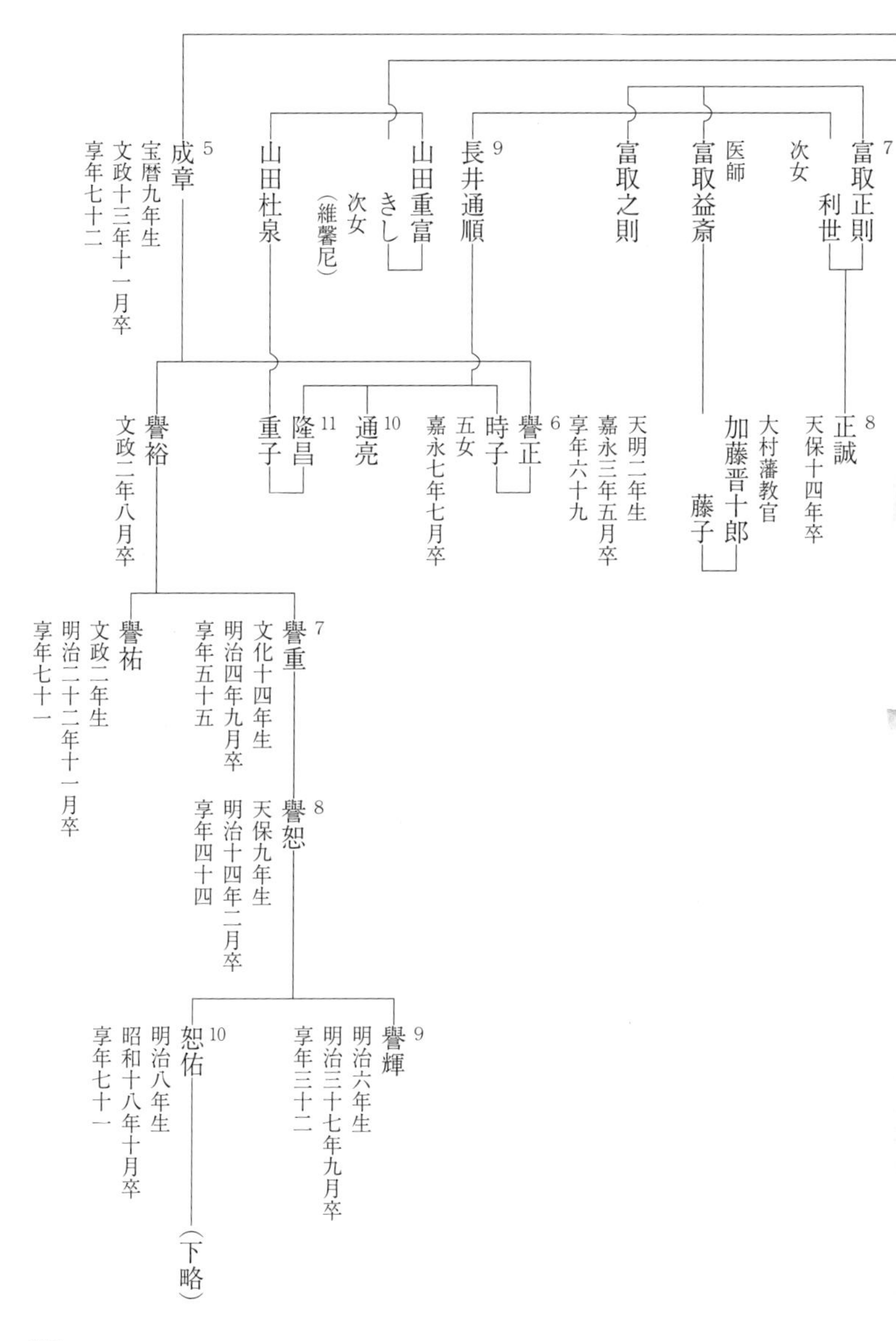
7
富取正則
次女
利世
医師
富取益斎
富取之則
9
長井通順
山田重富
次女
きし
(維馨尼)
山田杜泉
5
成章
宝暦九年生
文政十三年十一月卒
享年七十二
8
正誠
天保十四年卒
大村藩教官
加藤晋十郎
藤子
6
譽正
天明二年生
嘉永三年五月卒
享年六十九
時子
五女
嘉永七年七月卒
10
通亮
11
隆昌
重子
譽裕
文政二年八月卒
7
譽重
文化十四年生
明治四年九月卒
享年五十五
譽祐
文政二年生
明治二十二年十一月卒
享年七十一
8
譽恕
天保九年生
明治十四年二月卒
享年四十四
9
譽輝
明治六年生
明治三十七年九月卒
享年三十二
10
恕佑
明治八年生
昭和十八年十月卒
享年七十一
(下略)

順徳院の歌と、桂家良寛の関係

正保三年（一六四六）九月二十日
三代藩主前田利常、豊臣秀頼自筆の五首の歌を、越中高岡瑞龍寺に奉納。五首の歌の中に、『順徳院御集』の歌の中の言葉が入っている。

寛延三年（一七五〇）
新次郎（四代桂譽章）、山本のぶと結婚。

宝暦三年（一七五三）十月三日
良寛、佐渡で誕生。

宝暦四年（一七五四）六月十九日
大庄屋三代桂譽春（五十一歳）新発田藩に、隠居願いを差し出す。一ヶ月後、桂譽章（二十一歳）、大庄屋格に任ぜられる。十月十九日、譽春隠居名六爺となる。職務から解放された譽春は、この月以降、年月は不明であるが、佐渡へ行き、良寛の成長を見守る。

明和七年（一七七〇）
良寛が、佐渡から出雲崎へ来た年代は不明であるが、

明和七年　五月　このころ地蔵堂の中村家に住む。大森子陽の狭川塾に学ぶ。「新津秋葉宮奉納和歌」できる。歌の中に『順徳院御百首』の中の言葉が入っている。譽章の歌は、良寛が、佐渡で生まれたことを表している。

安永三年（一七七四）十一月　譽春没。

安永四年（一七七五）七月十八日　良寛、佐渡へ向かう。譽春が亡くなったことが、良寛に動揺を与え、遁世した理由と考えられる。

安永八年（一七七九）十月　良寛出家し、国仙と、備中玉島円通寺へ向かう。

寛政七年（一七九五）七月二十五日　父山本以南、京都桂川に入水自殺。

寛政八年（一七九六）一月　良寛、円通寺を辞して、帰郷の途につく。

同年　五月　実父譽章没。

寛政九年（一七九七）　このころから、国上寺「五合庵」に住む。

文化七年（一八一〇）十一月　山本由之、家財取上げの上、所払い。

文政三年（一八二〇）　長歌「月の兎」詠む。良寛の母のぶと、譽春の関係を表している。

文政九年（一八二六）
晩秋、島崎能登屋（木村家）内の庵室に移る。

文政十一年（一八二八）十一月十二日
三条大地震。「三」「十一月」が、譽春に関係あることから、地震の歌と詩で、譽春を表している。

文政十三年（一八三〇）九月九日
桂時子、石榴七つを良寛に贈る。良寛、返礼の歌を三首詠む。

天保二年（一八三一）一月六日
良寛没、満七十七歳三ヶ月、数えの七十八歳。

天保四年（一八三三）
桂家一家四人、良寛追悼歌詠む。

天保十二年（一八四一）十月
「桂園三十景和歌」できる。歌の中に、『順徳院御百首』の中の、言葉が入っている、良寛が、佐渡で生まれたことを表している。

参考文献

〈順徳院の歌〉
『順徳院御集』『續群書類従』第十五輯下和歌部　続群書類従完成会　昭和五十六年
『順徳院百首』『新編国歌大観』第十巻　角川書店　平成四年

〈秀吉・秀次・秀頼の歌〉
『豊臣秀吉研究』桑田忠親著　角川書店　昭和五十年
『豊臣秀吉』桑田忠親著作集第五巻　秋田書店　昭和五十四年
『太閤記』新日本古典文学大系60　岩波書店　平成八年
『豊臣秀頼』井上安代編著　続群書類従完成会　平成六年

〈桂家関係の歌〉
「秋葉権現奉納三十首和歌」溝口軌景　新発田市立図書館蔵
「新津秋葉宮奉納和歌」『新津市史』資料編第三巻近世二　平成二年

「桂園三十景歌」　『良寛の百人一首』　近代文芸社　平成二十一年

〈系図関係〉

「桂周斎」　『大村藩の医学』　深川晨堂　昭和五年

「良寛関係系図」　『良寛のすべて』　谷川敏朗　新人物往来社　平成七年

「権右エ門の詠草」　『良寛さまと周邊の人々』　松澤佐五重　平成十三年

「山本、山田、長井、関根、富取、桂家の相互の縁について」　『全国良寛会会報』　一一〇号
冨澤信明　平成十七年十月

〈良寛の歌・詩〉

『校注良寛全歌集』　谷川敏朗　春秋社　平成八年

『校注良寛全詩集』　谷川敏朗　春秋社　平成十年

〈良寛、桂家関係〉

『夢幻響』　横山京　昭和五十六年

「良寛さんの母は再婚？」　毎日新聞新潟版　昭和五十六年四月三十日

『良寛の母おのぶ』　磯部欣三　恒文社　昭和六十一年
『良寛』　田中圭一　三一書房　昭和六十一年
『夢幻響巻二』　横山京　平成三年
『良寛の実像』　田中圭一　刀水書房　平成六年
『良寛悟りの道』　武田鏡村　国書刊行会　平成九年
『良寛伝記考説』　高橋庄次　春秋社　平成十年

おわりに

豊臣秀頼が、時国藤左衛門と名を変え、能登の土地に生きていたと、現存の、文書の中の筆跡から、確信を持ち、初めての拙著（『豊臣秀吉の子孫良寛と桂家』平成九年）を、出版して以来、本年で二十年になった。

この間、研究の上で、錯誤を重ねてきたが、此の度、思いがけなく、大きな発見があり、本書を著すことができた。

豊臣家は、順徳院の歌で勉強し、歌作し、また、桂家の人と、良寛も、同じ方法で、歌作していたのである。

桂家の人が、秀吉の血統を、継いでいるのか否か、解明するのは難しいことである。

しかし、同一の、歌作の方法の伝承があることから、秀吉と関係があるという、一つの証拠になるのではなかろうか。

また、「さすたけの君」の言葉の、本当の意味が、桂譽春と分かったことも、重要な発見であった。

このことによって、以前発行の拙著に、木下俊昌と交友があったと、記したのは、誤りと分かった。責任を強く感じ、本書の、「はしがき」の中に、そのことを記し、お詫びさせていただいた。

本書の発行に関し、けやき出版にお世話になったことを厚くお礼申し上げます。

平成二十九年十月

桂　尚樹

著者プロフィール

桂　尚樹（かつら・なおき）

昭和19年、新潟県五泉市に生まれる。昭和42年学習院大学法学部卒業。

平成16年トッパン・フォームズ（株）定年退職。

平成7年10月以来、良寛と桂家に関する研究に入り、成果を本に著した。

著書『豊臣秀吉の子孫良寛と桂家』（新人物往来社）、『良寛の出家と木下俊昌』（リーベル出版）、『良寛の百人一首』（近代文芸社）

順徳院の歌の伝承と、佐渡と、良寛

2018年 2 月10日発行

著　者／桂　尚樹

制　作／株式会社 けやき出版
〒190-0023 東京都立川市柴崎町3-9-6 高野ビル
TEL 042-525-9909　FAX 042-524-7736
http://www.keyaki-s.co.jp

ＤＴＰ／ムーンライト工房

印刷所／株式会社 平河工業社

ISBN978-4-87751-580-5　C1095